Nur reich, reicht nicht

Harald J. Krueger

für Wiebke

Nur reich, reicht nicht

Roman

Harald J. Krueger

6. Fassung, 2020

© Harald J. Krueger   www.haraldjkrueger.de

Titelfoto von Wiebke Krüger

Verlag & Druck:

tredition GmbH, Halenreie 40-44, 22359 Hamburg

ISBN

978-3-347-09405-5 (Paperback)

978-3-347-09406-2 (Hardcover)

978-3-347-09407-9 (E-Book)

1

Gleich nach dem Aufwachen kribbelte in Wilma Vorfreude. Sie machte sich rasch fertig und spurtete die Treppe zur Wohnung ihrer Oma hoch. Der Fahrstuhl hätte sie zu langsam die eine Etage geliftet. Ihre Oma erwartete sie an der Wohnungstür im hellblauen Seidenkleid. Beide riefen lauter als geboten, aber der freudigen Erwartung geschuldet:

»Fröhliche Ostern!«

Dadurch verflüchtigten sich Wilmas Zweifel, die sie seit Tagen belasteten. Sie hatte ihrem Verehrer, so nannte Oma ihre Männerbekanntschaften, gestanden, dass sie Ostern lieber mit ihrer Oma verbringe, als erstmals seinen Eltern vorgestellt zu werden. Womöglich hätte das in einem freiheitsbedrohenden Antrag gegipfelt. Sein Gesicht reagierte verräterisch. Die Augen weiteten sich. Wilma vermutete, dass er bei ihr etwas entdeckt hatte, was ihm missfiel. Vielleicht, dass ihr neben ihm noch andere wichtig waren. Seine Lippen verschwanden einen Atemzug lang. Das deutete Wilma, dass ihm das Ende ihrer Beziehung schwante. Dabei hatte sie ihm ihre wahren Gründe verschwiegen. Eine Feiertagspräsentation bei seinen Eltern hielt sie angesichts ihrer Zweifel für verfrüht. Wegen seiner Mimik hatte Wilma nicht erwähnt, wie sehr sie sich auf das alljährliche Suchen der Ostereier freute. Das liebte sie mehr als das Auspacken der Weihnachtsgeschenke. Materielles hatte sie nie entbehrt. Aber das Ostereiersuchen hatten ihre Eltern im Jahr 2002 gleich nach dem Abitur abgeschafft: ›Dieser kindliche Brauch passe nicht zu einer angehenden Jurastudentin.‹

Omas Protest hatte sie nicht umgestimmt. Erst im Jahr 2010, als ihre Eltern in die Schweiz auswanderten, versteckten und suchten Oma und Wilma am Ostersonntagvormittag wieder Ostereier. Die achtjährige Prohibitionszeit hatte ihr Vergnügen gesteigert. Die inzwischen fünfunddreißigjährige Rechtsanwältin hoffte, dass ihr das wie ihrer fünfundachtzigjährigen Oma erhalten blieb. Mit dem derzeitigen Lover bezweifelte sie das.

Seit der Wiedereinführung zelebrierten sie ihren Spaß nach bewährtem Muster. Oma suchte im Salon Eierliköreier, die Wilma vorher dort versteckt hatte. Die Gefundenen wurden in ein Nest aus Strohgeflecht um ein dickes Marzipanei gelegt. Wilma inspizierte das Esszimmer. Die entdeckten Nugateier umringten den lila Vollmilchhasen. Der hockte in einem mit grünem Papiergras gepolsterten Nest. Wenn der jeweilige Kreis geschlossen war, waren sie sicher, dass keine Eier mehr verborgen geblieben waren. Früher hatten Wochen später Unentdeckte unter Sofakissen klebrige Schweinereien angerichtet. Inzwischen waren die meisten Verstecke bekannt. Neue begeisterten sie deshalb umso mehr.

Nach der Suche saßen sie im Salon und naschten aus ihren Nestern. Beim intensiven Nugataroma schloss Wilma genüsslich die Augen. Oma wickelte das dritte mit Eierlikör gefüllte Schokoladenei aus und steckte es in den Mund. Kauend fragte sie: »Dein Blick ist betrübt. Was bedrückt dich?«

»Im Februar starb Karl Lagerfeld, vor einer Woche brannte Notre Dame in Paris, was wird das Jahr uns noch bescheren?«

»Lagerfeld war in meinem Alter. Mit seinem Tod mussten wir rechnen. Immerhin hat ihn seine Mode unsterblich gemacht. Aber Du siehst angespannt aus. Arbeitest du zu viel?«

»Das kann ich nicht behaupten.«

»Ich sehe dich aber jeden Tag im Kellerbüro sitzen.«

»Die leichte, sitzende Beschäftigung beansprucht mich nicht. Die paar Fälle erledige ich gerne. Finanzielle Sorgen kennen wir ja zum Glück nicht.«

»Stimmt, das ist unser großes Glück.«

»Leider hat es mich bislang nur nicht glücklich gemacht.«

Oma seufzte: »Nur reich, reicht nicht. Zu meinem Glück fehlt nur noch ein Urenkel.«

»Ich wäre schon mit Mr. Right zufrieden.«

»Das wäre allerdings die wichtigste Voraussetzung. Woran scheiterte es bisher?«

Wilma schnaubte: »Das fängt mit dem Familienname Gühne an. Da denkt jeder Interessent sofort an unsere Firma und vermutet, dass wir stinkreich sind. Das wird bestätigt, wenn rauskommt, dass wir in dieser Prachtvilla in der Bellevue in Hamburg an der Alster wohnen.«

»Dann verschweige es doch anfangs möglichst.«

»Das mache ich sowieso immer. Obendrein verschreckt mein Beruf als selbstständige Rechtsanwältin die restlichen Kerle.«

»Arme Wilma, du tust mir so leid. Besseren Rat kann ich dir nicht geben.«

Omas betrübtes Gesicht erhellte sich: »Vielleicht löst Herr Rathge das Problem.«

»Wer ist das denn?«

»Herr Rathge hat mir vor Jahren goot geholpen. Er ist ein hamburger Spökenkieker.«

»Auf Schamanen mit Zukunftsvisionen habe ich keinen Bock.«

»Was hast du dagegen?«

»Orakel sind unmöglich und machen unfrei. Wobei hatte dir der Rathge denn geholfen?«

»Damals wohnten deine Eltern und ich hier im Haus. Deine Mutter war schwanger. Opa wollte das Haus für drei Generationen modernisieren mit drei separaten Wohnungen, Fahrstuhl und Tiefgarage. Ich bangte um das Seelenheil des Hauses. Rathge untersuchte es und beruhigte mich.«

»Warum seid ihr aus der Villa in Hamburg-Altona hierher umgezogen?«

»Wir wollten, dass dein Vater hier zur Schule ging. Damals gab es noch keine freie Schulwahl.«

»Wie bist du auf Rathge gekommen?«

»Ich hatte drei Weise zur Auswahl. Rathge war am gleichen Tag geboren wie dein Vater. Das hielt ich für ein gutes Omen.«

Wilma verkniff sich zu grinsen und nickte.

Oma stand auf: »Ich suche seine Telefonnummer. Ob ich die noch finde? Mein Gott, ist das lange her.«

Wilma lachte: »Schätzungsweise fünfunddreißig Jahre, wenn Mutti mich noch im Leib trug.«

2

Am Dienstag nach Ostern saß Herr Rathge bei Wilma im Kellerbüro. So schnell hatte sie nicht erwartet, einen Besuchstermin mit dem Spöken-kieker zu ergattern. ›Da hat Oma wohl arg gedrängelt.‹

Beim Telefonat hatte er sie mehrfach unterbrochen, wenn sie ihm erklären wollte, wobei er ihr helfen solle: »Telefonisch vereinbare ich nur Termine. Um was es geht, bespreche ich nur persönlich bei Ihnen.«

Das klang für Wilma nach Kundenabwehr. Deshalb war vermutlich auch das kurzfristige Treffen möglich. So würde sie künftig neue Mandantenanfragen abwenden. Ihr Einpersonenanwaltsbüro war fast nur für die Firma und Familie tätig, wenn sie die Fälle interessierten. Das erinnerte sie, die Honorarfrage zu klären.

Er lächelte: »Das eilt nicht. Geben Sie mir nur soviel Bargeld, wie es Ihnen wert ist, aber bitte nur, wenn Sie zufrieden sind. Für meine Dienste gibt es weder eine Gebührenordnung noch Stundensätze. Ich schicke keine Rechnungen.«

Herr Rathges etwas zu langes, grauweißes Haar passte zu seinem zerknitterten Gesicht. Der Blick seiner dunklen, fast schwarzen Augen empfand Wilma als stechend. Selten hatte sie sich von jemand so scharf beobachtet gefühlt. Sie wertete das als aufmerksames Zuhören bei der Schilderung ihrer Enttäuschungen mit Männern. »Fast alle waren nur an meinem Vermögen interessiert oder spielten den Großkotz und verprassten Geld, das sie nicht verdient hatten, was in meiner Familie besonders verachtet wird. Wenn nicht, waren sie zu blöd, untreu, unpünktlich, oder geizig.«

Er unterbrach sie nicht mit Zwischenfragen und fasste mit leiser Stimme zusammen: »Viel Pech trotz Ihres blendend guten Aussehens und mehr als auskömmlichen finanziellen Situation. Glück in der Liebe lässt sich nicht erzwingen. Aber Glück mag hartnäckige Menschen.«

»Wie sollte ich hartnäckiger sein? Was raten Sie mir?«

Er stand auf und schaute aus dem Fenster. Der untere Rahmen lag nur 30 Zentimeter über dem Rasen des schmalen Vorgartens. »Wohnen Sie in der Etage über uns?«

»Ja, im 1. Stock, im 2. Oma, im 3. meine Eltern, wenn sie in Hamburg sind. Hier im Keller gibt es noch die Wohnung für das Hausmeisterehepaar, die Tiefgarage und Heizung sowie kleine Abstellräume.«

»Können Sie aus Ihrer Wohnung die Parkbänke am Alsterufer beobachten?«

Wilma nickte: »Vor allem aber auch die Sonnenuntergänge. Die Ausrichtung ist perfekt. Die Sonne scheint auf die Terrasse von morgens bis abends.«

»Nicht zu vergessen die Aussicht auf die Alster und die Stadtsilhouette mit den Kirchtürmen.«

Wilma schnaubte: »Das Schicksal hält vermutlich damit meinen Glücksanspruch für erfüllt.«

Herr Rathge setzte sich wieder, schloss die Augen und atmete tief. Nach einer gefühlten Ewigkeit flüsterte er: »Ich rate Ihnen, besorgen Sie sich ein billiges Schlüsseletui mit einem Schlüssel. Schreiben Sie Ihre Handynummer in die Hülle und legen Sie sie auf eine der Bänke, die Sie beobachten können.«

Wilma schüttelte den Kopf: »Und dann warte ich, bis mein Traummann anruft? Bei allem Respekt, es fällt mir schwer, das zu glauben.«

»Das sollten Sie aber. Wer nicht an seinen Köder glaubt, fängt auch nichts.«

»Was soll ich machen, wenn jemand anruft?«

»Wenn Ihnen sein Aussehen aus der Ferne und seine Stimme am Telefon gefallen, treffen Sie sich mit ihm in einem nahe gelegenen Café und bedanken sich. Alles Weitere wird sich dann ergeben.« Er legte wieder beide Hände auf die Oberarme und rieb sie auf dem grauen Sakkostoff, als ob er fror und sich wärmen wollte. Dieses Schaudern war Wilma schon anfangs aufgefallen. Dabei war es draußen mild und das Fenster geschlossen. Der Frostködel zappelte auf seinem Stuhl. Ihr schien, dass er aufbrechen wollte.

»Was soll ich machen, wenn mir der Anrufer nicht gefällt, oder eine Frau ist?«

»Flitzen Sie kurz hin und bedanken sich mit einer Tafel Schokolade oder einem Osterei, falls noch vorhanden. Dann legen Sie den Schlüssel wieder so hin, als ob er Ihnen aus der Tasche gerutscht ist.«

»Meine Handynummer möchte ich aber nicht öffentlich auslegen.«

»Müssen Sie ja auch nicht. Nehmen Sie die Nummer eines ausrangierten Handys und richten Sie automatische Rufumleitung ein.«

»Coole Idee! Wielange wird es dauern, bis ich den Richtigen treffe?«

»Die Zukunft kennt keiner. Aber seien Sie heute schon mal ohne Grund glücklich.«

»Müssen Sie das Schlüsseltäschchen noch mit Weihwasser bespritzen?«

Herr Rathge stand auf und schüttelte den Kopf: »Nur wenn Sie strengkatholisch sind und daran glauben.«

3

Am Freitag verließ Baldur ungewöhnlich früh die Firma Jetterer am Harvestehuder Weg. Auf dem Heimweg zum Mühlenkamp setzte er sich auf eine Uferbank bei der Bellevue, um sich abzuregen und bei Sonnenschein die Aussicht zu genießen. Mit zu heftigem Groll wollte er zuhause das Wochenende nicht beginnen. Lars, sein neuer Chef, hatte ihm mal wieder die Stimmung verdorben. Erst schnappte ihm der Speichellecker den Job weg. Den, am 1. April durch Pensionierung freigewordene, Abteilungsleiterposten hätte Baldur seiner Meinung nach selbst mehr verdient. Jetzt schüttete der faule Chefschleimer ihn mit subalterner Arbeit zu. Nur weil Baldur vor dem Studium der Kunstgeschichte Gemälderestaurierung gelernt hatte, sollte er Bilder entstauben, die für die nächste Auktion eingetroffen waren. Das oblag bislang dem jeweiligen Akquisiteur. Eine besondere Qualifikation erforderte das nicht. Wütend murrte Baldur. Sein Blick schweifte über die blaue Alster. Der warme, böige Wind drückte die Segelboote schräg und schob sie pfeilschnell vorwärts. Hinter Baldur joggten bunt Verkleidete. Hundehalter trugen Kotbeutel. Die Parkbänke waren fast vollständig besetzt. Lange würde der leere Platz neben ihm nicht mehr freibleiben. ›Hoffentlich setzt sich eine holde Maid zu mir!‹

Seine Freundin hatte ihn unlängst verlassen. Er hatte ungerechterweise seine Wut über die Fehlbesetzung in der Firma an ihr ausgelassen. Bedrückt über sein schlechtes Benehmen senkte er den Blick. Dabei entdeckte er ein rotes Täschchen fast unter der Bank. Er hob es auf und zog den Reißverschluss auf. In dem Wildledersäckchen war ein Schlüssel an einem Bändsel geknotet. Beim Zurückstecken sah er eine handschriftlich in die Innenwand geschrieben Zahl. Die ersten Ziffern und die Anzahl, immerhin elfstellig, erinnerten ihn an Handytelefonnummern. ›gute Idee, so kann sich ein Finder beim Verlierer melden.‹ Baldur nahm sich vor, seine Telefonnummer ebenfalls in sein Etui zu notieren. Schlüssel zu verlieren, ist höchst ärgerlich.

Er rief die Nummer an. Das lange Klingeln bestätigte seine Vermutung. Wenn es keine Handynummer gewesen wäre, hätte längst eine ›kein Anschluss unter dieser Nummer‹-Ansagerin seinen Irrtum moniert.

Endlich meldete sich eine weibliche Stimme: »Hallo, mit wem spreche ich?«

»Das würde ich auch gerne wissen. Ich heiße Baldur und halte ein Schlüsseltäschchen mit deiner Nummer in der Hand.«

»Oh, du hast meinen Schlüssel gefunden, ein Glück! Wo bist du? Ich heiße Wilma.«

»Auf der Bellevue-Bank mit schönster Aussicht über die Alster.«

»Kennst du das Café Le Parisien? Ich könnte in fünf Minuten dort sein und dich zum Kaffee einladen, wenn du mir meinen Schlüssel zurückgibst.«

»Dort wollte ich schon immer Mal einkehren.«

»Dann bis gleich Baldur.«

Auf dem Weg zum Eckcafé versuchte er, sich ein Gesicht vorzustellen, das zu der jungen, frischen Stimme passte. Zickig oder schüchtern klang sie nicht, eher forsch und zielstrebig. Also kein Teenager, hoffte er.

Auf dem Bürgersteig vor den Fenstern des neuen Cafés waren alle sonnigen Plätze belegt. Drinnen saß niemand. Baldur wählte den Tisch in der Ecke mit dem Rücken zur Wand. Von hier waren Neuankömmlinge am besten zu beobachten. Das rote Schlüsseletui legte er vor sich auf den Bistrotisch. Bei dem algerisch anmutenden Servierer bestellte er ein Bol Milchkaffee. Beim zweiten Schluck betrat eine Frau das Lokal und schaute sich suchend um. Baldur schätzte sie auf Anfang dreißig. Ihre glatten braunen Haare lagen auf den Schultern. Sie trug ein tailliertes, beiges Jäckchen, das zum knielangen Bleistiftrock passte. Offensichtlich hatte sie ihr Schlüsselbund auf dem Tisch entdeckt: »Hallo Baldur, ich bin Wilma, die Verliererin.«

Baldur stand zur Begrüßung auf: »Hallo Wilma, setz dich. Nimmst du auch einen Café au Lait? Kann ich empfehlen.«

Wilma nickte. Baldur signalisierte das dem Algerier mit Zeichensprache.

»Ich bin ja so froh, dass der Schlüssel wieder da ist. Vielen Dank.«

»So viel Glück möchte ich auch einmal haben.«

Wilma schmollte: »Ich habe zwar Glück gehabt, bin aber nicht glücklich. Daran arbeite ich noch.«

»Was arbeitest du?«

»Ich bin Rechtsanwältin. Welchen Beruf übst du aus?«

»Ich bin Kunsthändler bei Jetterer, dem Auktionator. Mein Spezialgebiet sind Gemälde des 19. Jahrhunderts.«

»Das stelle ich mir faszinierend vor.« Ihre grünen Augen strahlten.

Baldur lehnte sich zurück: »Du sagtest, du habest zwar Glück gehabt, seiest aber nicht glücklich. Daran arbeitest du noch. Was meinst du damit?«

»Warum fragst du?«

»Weil ich kein Glück gehabt habe und deshalb unglücklich bin. Ich aber nicht weiß, wie ich daran arbeiten sollte, wie du dich ausdrücktest.«

»Das habe ich nur so daher geplappert. Ich kenne jemanden, der mir hilft und eventuell dir auch. Wenn du willst, frage ich ihn.«

»Wenn er bezahlbar ist.«

»Das denke ich schon. Ich spreche mit ihm und rufe dich an.«

Sie zögerte: »Nur falls er das wissen will, frage ich. Wobei hattest du kein Glück gehabt?«

Baldur holte tief Luft: »Ein unqualifizierter Kollege hat mir meinen Traumjob weggeschnappt. Aus Wut vergraulte ich meine Freundin. Nun nervt mich das Doppelpech.«

»Wer weiß, wofür es gut war. In jedem Unglück steckt der Keim des nächsten Glücks.«

Baldur schloss die traurigen Augen und atmete tief aus: »Das ist das Glaubensbekenntnis der Optimisten. Allein, mir fehlt der Glaube. Wenn du mit deinem Helfer geklärt hast, ob er mir helfen will, rufe mich an, bitte auch im negativen Fall.«

4

Sobald Wilma wieder zuhause war, rief sie Herrn Rathge an. Sie vereinbarten, dass er am Samstagvormittag zu ihr kommen werde. Durch die Vermittlung eines potenziellen Neukunden wollte sie sich für den Rat mit dem verlorenen Schlüssel beim Spökenkieker bedanken und gleichzeitig durch die Kontaktanbahnung auch bei dem Finder Baldur. Den großen Blonden mit dem traurigen Blick hätte sie ohne den Köder nicht kennengelernt.

Am Samstag klingelte Herr Rathge pünktlich bei Wilma. Auf dem Weg in ihr Büro fistelte er: »Heute bitte nicht dort unten.«

»Warum das denn nicht? Dort unten gaben Sie mir einen ausgezeichneten Rat.«

»Das freut mich zu hören. Ich fühlte mich dort unten allerdings äußerst unwohl.«

»Dann gehen wir meinetwegen in meine Wohnung.«

Wilma hörte ihn erleichtert seufzen. Im Esszimmer setzten sie sich gegenüber. Er beobachtete sie wieder scharf bei ihrer Schilderung von Baldurs Doppelpech in Firma und Liebe.

Mit geschlossenen Augen grübelte er so lange, dass Wilma befürchtete, er sei eingeschlafen. Endlich flüsterte er:»Ich müsste mit Baldur persönlich sprechen, um sicher zu beurteilen, ob ich ihm helfen kann. Geben Sie ihm meine Telefonnummer, um einen Besuchstermin bei ihm zu vereinbaren.«

»Er wird Sie nur abends oder an Wochenenden empfangen können.«

»Kein Problem, für mich gibt es keine tariflichen Arbeitszeitvorschriften,« Dabei umfasste er sich wieder und rieb die Oberarme, als ob er fror.

Wilma fragte:»Fühlen Sie sich hier auch so unwohl wie neulich unten im Büro?«

Mit verdrehten Augen nickte er:»Hier ist es schlimmer. Ich werde das genauer prüfen müssen. Das bin ich Ihrer Großmutter schuldig. Hat sie Ihnen erzählt, dass ich das Haus für sie vor dem Umbau untersucht habe? Mit dieser Störung hätte ich dringend davon abgeraten. Ist es Ihnen recht, wenn ich das erst am Montag inspiziere?«

»Wenn es zu verantworten ist, dass wir uns diesem miesen Karma weitere zwei Tage aussetzen.«

»Seien Sie froh, dass Sie nicht darunter leiden. Das ist kein Spaß.«

5

Am Samstagmittag rief Wilma bei Baldur an, um ihm Herrn Rathges Telefonnummer zu geben. Baldur hatte zwar oft an die attraktive Wilma gedacht, aber nicht ernsthaft mit ihrem Anruf gerechnet. ›So wie sie aussieht, gekleidet ist und sich selbstsicher benimmt, spielt sie in einer höheren Liga als ich. Bei der bin ich chancenlos.‹

Er notierte die Nummer und bedankte sich: »Vielen Dank, dass du Herrn Rathge für mich gewinnen konntest. Ich werde dir über das Treffen und etwaige Fortschritte berichten.«

»Darüber würde ich mich wirklich freuen. Es interessiert mich sehr, was Rathge bei dir bewirkt. Vergiss das bitte nicht! Du kannst mich jeder Zeit anrufen.«, frohlockte Wilma.

Baldur vereinbarte mit Herrn Rathge ein Treffen bei ihm in der Wohnung im Mühlenkamp 7 am 1. Mai um 11 Uhr. Er freute sich, dass der Feiertag akzeptiert wurde, und wunderte sich, dass Herr Rathge am Telefon nur den Termin und Treffpunkt besprechen wollte. Wenn Baldur das Problem oder Honorar ansprach, wurde er unterbrochen und auf das persönliche Gespräch vertröstet.

›Ich wünschte, das könnte ich bei redseligen

Kundenanfragen auch so praktizieren.‹

6

Am Montag ließ Wilma Herrn Rathge herein. Weil er bei seinen vorherigen Besuchen fröstelte, hatte sie ihn im warmen Wintermantel erwartet. Stattdessen trug er nur ein, dem Wetter angepasstes, mausgraues Sakko, das schon vor Jahren hätte gegen ein neues ausgetauscht werden müssen. Auch dass er mit leeren Händen kam, überraschte sie. Mit einer Wünschelrute hatte sie mindestens gerechnet.

Er bat sie: »Als Erstes prüfe ich das Treppenhaus. Wenn es Ihnen recht ist, alleine, um die Quelle der Störung eindeutig ohne Ablenkung zu lokalisieren.«

»Einverstanden. Ich habe im Büro zu tun. Wielange werden Sie brauchen?«

»Die Zukunft kennt keiner. Grobe Ortungen sind nach wenigen Minuten möglich. Gesicherte Erkenntnisse gibt es erst nach Stunden.«

»Na gut, Sie wissen, wo Sie mich finden. Ich sage Oma Bescheid, dass Sie im Treppenhaus umherspökern. Nicht, dass Sie sich gegenseitig zu Tode erschrecken.«

»Ihre Großmutter würde ich gerne begrüßen. Sie müsste inzwischen über achtzig Jahre alt sein. Ich liebe Menschen mit so langer Lebenserfahrung.«

»Klopfen Sie doch einfach bei ihr, wenn Sie fertig sind. Ich warne Oma vor. Sie mag keine Überraschungen. Ich komme dann dazu, so brauchen Sie Ihren Befund nicht zweimal vortragen.«

Eine knappe Stunde später brachte Oma in ihrem alltäglich, blauen Wollkleid Herrn Rathge in Wilmas Büro.

»Na, haben Sie die Quelle des Übels gefunden?«, fragte Wilma.

»Ich habe sie jedenfalls eindeutig eingekreist. Die Traurigkeit strahlt nur aus dem dritten Stock.«

»Komisch, das ist seit Monaten unbewohnt.«

»Genau das habe ich Herrn Rathge auch schon gesagt.«

Rathge flüsterte: »Das spielt offenbar keine Rolle oder ist der eigentliche Grund.«

»Was machen wir denn nun?«, fragte Oma.

»Was passiert, wenn wir gar nichts machen?«

»Die Strahlung blockiert das Glück im Haus. Deshalb friere ich hier. Wirksame Maßnahmen kann ich nur vorschlagen, wenn ich die exakte Quelle gefunden habe. Ich müsste das Stockwerk detailliert untersuchen.«

Oma rief: »Dafür brauchen wir die Zustimmung deiner Eltern.«

»Die werden gewiss nichts dagegen haben. Ich

rufe Mama kurz an.« Wilma stand auf, strich über das Handydisplay, drückte es ans Ohr und verließ den Raum.

»Hallo Mama, darf Herr Rathge eure Wohnung im dritten Stock untersuchen?«

»Was sucht der alte Spökenkieker denn?«

»Die Quelle der Bad Vibration, die er sogar unten bei mir im Büro gespürt hat, lokalisierte er im 3. Stock.«

»Na, dann lass ihn mal rein. Er soll aber nichts durchwühlen.«

Mit nach oben gestrecktem Daumen kehrte Wilma zurück.

»Mir würde es nächsten Montag am besten passen. Das kann Stunden dauern. Heute schaffe ich das nicht mehr. Ich bin auch schon zu erschöpft von der Hausinspektion.«

7

Am Mittwochvormittag, den 1. Mai, empfing Baldur Herrn Rathge in seiner Wohnung. Sie setzten sich am Sofatisch gegenüber. Verlegen rührte Baldur in seinem ungesüßten Kaffeebecher: »Ich weiß nicht, was Sie über mich bereits erfahren haben. Über Sie weiß ich gar nichts, außer dass Wilma mir empfahl, Sie zu konsultieren, um wieder glücklich zu werden. Was wird das kosten?«

»Glück ist kostenlos, aber dennoch unbezahlbar. Nur wenn Sie zufrieden sind, geben Sie mir bitte soviel Bargeld, wie Sie für angemessen halten und sich leisten können. Das hat Zeit. Zunächst beschreiben Sie mir Ihr Problem.« Herr Rathge sprach so leise, dass sich Baldur konzentrierte, ihn zu verstehen.

»Ich fühle mich übergangen. Ein Kollege, den ich für weniger qualifiziert halte, bekam den Abteilungsleiterposten, auf den ich gehofft hatte. Wir sind beide Kunsthändler beim Auktionator Jetterer, spezialisiert auf Gemälde, haben beide Kunstgeschichte studiert und mit Master abgeschlossen.«

»Warum halten Sie sich für qualifizierter?«

»Ich habe vor dem Studium zwei Jahre Gemälderestauration gelernt. Der Kollege robbte stattdessen bei der Bundeswehr fürs Vaterland durch den Schlamm. In meiner Wut habe ich meine Freundin vergrault. Nun suche ich den Pfad zurück ins Glück. Dafür empfahl Wilma Ihren Rat.«

»Es gibt viele Wege zum Glück, einer davon ist, aufhören zu jammern.«

»Normalerweise jammer ich nicht. Ich sollte Ihnen mein Problem beschreiben.«

»Sie unterstellen, dass der Kollege, der das Glück hatte, den erhofften Job zu ergattern, glücklich ist. Aber Glück haben bedeutet nicht, glücklich zu sein.«

»Was raten Sie mir? Was kann ich konkret tun?«

Herr Rathge atmete mit geschlossenen Augen mehrmals tief durch und flüsterte: »Seien Sie dankbar für die vielen kleinen, täglichen Freuden. Sie werden sehen, das hilft, glücklich zu werden. Wenn nicht, rufen Sie mich an, um einen neuen Termin zu vereinbaren.« Er stand auf und ging zur Tür. Zum Abschied wiederholte er: »Seien Sie dankbar.«

8

Zwei Tage suchte Baldur vergeblich Gründe fürs Dankbarsein. Am Freitag gab er es auf und rief Herrn Rathge an. Sie vereinbarten, Samstagvormittag für seinen nächsten Besuch.

Am Samstag beklagte sich Baldur bei Rathge: »Es gab einfach nichts, wofür ich dankbar bin. Wofür waren Sie in den letzten Tagen dankbar?«

Rathge grübelte nur kurz: »Es geht zwar nicht um mich, aber wenn es Ihnen hilft. Heute freute ich mich, dass der Bus fahrplanmäßig ankam, er ohne Stau durchkam, und ich pünktlich hier eintraf. Gestern schmeckte mir das Mittagessen besonders gut ....«

Baldur unterbrach ihn: »Ach so, Sie meinen solche alltäglichen Kleinigkeiten.«

Rathge nickte: »Weltbewegendes erlebt man selten. Ich rate Ihnen, immer wenn Sie sich über etwas gefreut haben, es in ein Dank-Tagebuch zu schreiben. Das wird Ihnen helfen, wieder glücklich zu werden. Wenn nicht, rufen Sie mich an. Dann komme ich nächsten Samstag. Seien Sie dankbar!«

9

Am Montag fuhren Wilma und Rathge im Fahrstuhl in den 3. Stock. Wilma schloss die Wohnungstür ihrer Eltern, die meistens in der Schweiz
lebten, auf. Gemeinsam schritten sie durch die
dunkle Wohnung. Die Möbel und Bilder waren mit
Bettlaken abgedeckt. Rathge hielt Wilma davon ab,
das Licht einzuschalten, die Rollos hochzufahren
oder die Vorhänge zu öffnen: »Lassen Sie bitte
zunächst alles so, wie es ist. Nur so finde ich die
genaue Quelle. Ich melde mich bei Ihnen, wenn ich
Sie brauche, oder fertig bin.«

»Ich warte im Kellerbüro auf Sie.« Wilma
schien, dass er vorzog, alleine zu suchen.

›Was eigentlich?‹

Eine Stunde später wusste sie es. Rathge bat sie,
ihm beim Abdecken von zwei Bildern in der Diele
zu helfen: »Dafür brauchen wir eine Trittleiter.«

»Ich habe eine in meiner Wohnung. Die nehmen
wir gleich mit.«

Im Flur des 3. Stocks stieg er auf die Leiter und
löste die Verhüllungen der beiden hohen Ölgemälde. Es waren goldgerahmte Porträts in Lebens-
größe. Die blasse Frau im edelsten, weißen Seiden-

kleid mit verklärtem Blick vor unscharfem, düsterem Landschaftshintergrund. Der stattliche Mann mit konzentriertem Blick in die Ferne im dunklen Gehrock vor Bücherregalen einer Bibliothek. Die präzisen Details der Bildnisse überraschte Wilma auch heute wieder. Diese Schärfe wäre ihrer Meinung nach heutzutage auch mit modernster Fototechnik unmöglich. Der Faltenwurf des Kleides erschien dreidimensional. Jedes kleinste Augenfältchen war verewigt. Selbst grobe Webfäden der Kleidung waren einzeln erkennbar. Wilma schaute Rathge fragend an: »Was ist mit diesen alten Schinken?«

»Nur sie strahlten tiefe Traurigkeit aus. Ich spüre jetzt schon eine entspanntere Aura. Es wird noch Tage dauern, bis das Haus befreit ist.«

»Heißt das, die beiden Herrschaften sollen unverhüllt bleiben und verstauben?«

Rathge nickte.

»Ausgerechnet diese Gemälde waren mir als Kind unheimlich. Opa hatte mir gezeigt, dass die beiden Augenpaare einen verfolgen, wenn man an ihnen vorbeigeht. In meiner kindlichen Neugier habe ich das immer wieder getestet. Er hatte recht. Sie folgten mir. Ich fand es gruselig.«

»Das ist eine optische Täuschung, die nur im Gehirn des Betrachters stattfindet. Wir sind gewohnt, Zweidimensionales in Dreidimensionales zu übertragen. Das passiert bei perfekter Malerei oft.«

»Wieso strahlen diese alten Porträts nur abgedeckt traurig?«

»Weil sie sich nicht mehr sahen.«

»Sie hatten mir eben erklärt, dass sich die gemalten Augen nicht bewegen.«

»Das heißt aber nicht, dass sie blind sind.«

»Ah ha! Nun wird es aber spökig.«

»Vor circa zweihundert Jahren gab es überaus begabte Porträtisten, die versprachen ihren meist adligen Auftraggebern ewige Liebe über den Tod hinaus. Damals wurden Männer oft in Kriegen getötet. Ihre Frauen bangten um sie. Umgekehrt starben Frauen oft bei der Geburt. Diese Porträts trösteten die Hinterbliebenen.«

»Was machen wir nun mit ihnen?«

»Weil sie sich jetzt wieder sehen, lassen wir sie so hängen. Ich will sie noch eine Weile belauschen.«

Wilma spöttelte: »Die beiden können zwar nicht sprechen, aber Sie können sie hören. Na, da will ich nicht stören.«

Nach einer Stunde verabschiedete sich Rathge bei Wilma: »Ich habe das Dielenlicht angelassen. Ohne wäre es den beiden zu dunkel.«

»Was haben sie denn gehört?«

Rathge strahlte: »Sie sind überglücklich, dass die dunkle Epoche überstanden ist. Ich bin ihr erster lebender Lippenleser seit 200 Jahren. Der Herr sagte: ›Wenn ich noch könnte, würde ich vor Glück heulen. Als uns diese Unsterblichkeit angeboten wurde, konnten wir unser Glück kaum fassen. Tischbein hat uns ausgenommen. Ob er mit unserem Vermögen glücklich geworden ist, wissen wir nicht. Ist uns auch egal. Seit wir nur noch unsere Lippen lesen können, ist uns fast alles egal.‹ ›Vergiss das Licht nicht!‹, unterbrach ihn seine Frau.«

Rathge schnaufte: »Sie überlegen, wie sie sich bedanken können. Es scheint, um etwas Wertvolles zu gehen. Deshalb möchte ich in einer Woche wiederkommen, um zu erfahren, wie sie sich entschieden haben, und auch um die Auraveränderung im Haus zu prüfen.«

»Dann sehen wir uns nächsten Montag wieder.«

10

Um wieder glücklich zu werden, befolgte Baldur zunächst Rathges Empfehlungen, ein Dank-Tagebuch zu führen. Für das erste Wochenende schrieb er nichts in den altmodischen Terminkalender, den er als Tagebuch verwendete. Für Montag notierte er, dass er zum Glück zu Fuß trotz angekündigten Regens trocken in die Firma und nach Hause gekommen war. Am Dienstag war er dankbar, dass die Pizza üppig mit Salamischeiben belegt war. Ab Mittwoch verzichtete er auf Wiederholungen derartiger Nichtigkeiten. Da er keinen Erfolg feststellte, rief er am Freitag Herrn Rathge an.

Am Samstag besuchte Herr Rathge Baldur in seiner Wohnung. Das Tagebuch wollte er nicht lesen. Er empfahl: »Schreiben Sie zusätzlich auf, was Sie glücklich gemacht hat.«

»Also ein Dank- und Glücklich-Tagebuch.«

»Das wird Ihnen helfen, glücklicher zu werden. Wenn nicht, rufen Sie mich an, damit ich nächsten Samstag vorbeikomme.«

11

Am Montag brachte Wilma Herrn Rathge wieder in den 3. Stock. Er schaltete sofort die Deckenlampe im Flur ein. Die Farben der Porträts erstrahlten. Rathge setzte sich auf den Stuhl neben dem Spiegel. Wilma zog sich zurück.

Nach einer Stunde trieb Neugier sie zum Spökenkieker. Lautlos schlich sie die Treppe nach oben. Sie hörte ihn im Flüsterton noch langsamer sprechen, als sie ihn kannte. Durch die geschlossene Wohnungstür verstand sie kein Wort. Ihr schien, dass er nur einzelne Wörter aussprach. Antworten vernahm sie gar keine. Enttäuscht, dass sie nichts herausgefunden hatte, aber erleichtert, dass es keine Spukgeräusche gab, kehrte sie in ihr Büro zurück.

Einige Zeit später verabschiedete sich Herr Rathge bei ihr.

»Na, was haben Sie den Porträtierten entlockt?«

»Sie sind noch zu glückselig, sich wieder zu sehen, und befürchten erneut getrennt zu werden. Obendrein sind sie geschockt, von einem Lebenden angesprochen zu werden. Allein die heutige Sprache ist ihnen fremd. Vor zweihundert

Jahren sprach man anders. Das wird noch eine Weile dauern, bis ich mit ihnen normal kommuniziere. Deshalb möchte ich die Sitzung am nächsten Montag fortsetzen.«

»Einverstanden. Hat sich das Karma in Haus verbessert?«

»Ja, erheblich, aber es ist noch belastet.«

12

Am Dienstagabend schrieb Baldur in das Dank-
und glücklich Tagebuch, dass ein Kunde eine
E-Mail an Herrn Zander, den Geschäftsführer,
geschickt hatte, in der Baldurs kompetente
fachliche Beratung gelobt wurde. Am Mittwoch
notierte er, dass ein auswärtiger Kunde
ausdrücklich ihn bat, seine private Sammlung zu
begutachten, um festzulegen, welche Gemälde
verkauft werden sollten. Baldur freute sich auf die
Dienstreise nach Berlin. Für den Rest der Woche
hielt er nichts schriftlich fest. Er hatte nicht den
Eindruck, glücklicher zu sein. Am Freitag bat er
deshalb Herrn Rathge zu kommen.

Am Samstag saßen sich Baldur und Rathge
wieder gegenüber. Rathge bedauerte: »Schade,
dass Sie nicht mehr in das Tagebuch eingetragen
haben. Ab sofort sollten Sie das Thema um ›gute
Tat‹ erweitern.«

»Dann schreibe ich also ein Dank-, glücklich-
und gute Tat-Tagebuch.«

»Das wird Ihnen gewiss helfen, glücklich zu
werden.«

»Ich wünsche mir, dass Sie recht haben.«

13

Am Montag verbrachte Rathge wieder lange Zeit allein mit den Porträts im 3. Stock. Dann berichtete er Wilma: »Heute war das Ehepaar von Untiedt mitteilsamer als letzte Woche.«

»Ach, haben sie sich vorgestellt. Wie verständigen Sie sich mit den Ölgemälden?«

Rathge lächelte: »Durch Lippenablesen. Das lernte ich von meinem Großvater. So kommunizieren die beiden.«

Wilma verkniff sich zu lachen: »Müsste die Ölfarbe nicht längst getrocknet sein? Bröseln die Lippen bei jedem Vokal von der Leinwand?«

»Sie sprechen extrem langsam. Sie haben ja alle Zeit der Welt. Das erleichtert mir, sie zu verstehen. Das Geheimnis dieser Porträtisten ist nie gelüftet worden. Sie malten nicht nur mehr als lebensechte Kopien ihrer Auftraggeber, sondern hauchten ihnen auch unsterbliches Leben ein. Eine wissenschaftliche Erforschung scheiterte an den wenigen Exponaten. Die Eigentümer lehnten Analysen ab, um die Werke unzerstört zu erhalten und den Ruf der Familie zu schützen. Für die Kirchen galt das damals als schwarze Magie, die dem Teufel zugeschrieben wurde.«

Wilma grinste: »Und was sagten sie so?«

»Sie sind so glücklich, wiedervereint zu sein, und schlagen einen Deal vor, wie wir das heute nennen.«

Wilma prustete: »Sollen wir jetzt mit zwei Ölgemälden einen Deal vereinbaren? Was wollen die machen, wenn wir uns nicht an die Abmachungen halten?«

»Unterschätzen Sie nicht deren Macht. Denken Sie nur an das schlechte Karma des Hauses und Ihre Pechsträhne in der Liebe.«

»Na gut, was verlangen die beiden?«

»Wenn Sie geloben, die Porträts gut beleuchtet so aufzuhängen, dass sie sich direkt ansehen können, werden sie verraten, wo ein Schatz in diesem Haus versteckt ist.«

»Was gefällt denen denn nicht am augenblicklichen Standort?«

»Im Flur ist es ihnen zu dunkel.«

»Wir können doch nicht ständig die Lampen brennen lassen!«

Rathge schloss die Augen und grübelte: »Das Problem für sie ist, dass der 3. Stock unbewohnt ist und deshalb die Fensterläden geschlossen sind.«

»Daran müssen sie sich gewöhnen. Sie sollten nicht vergessen, wie erheblich sich ihre Lage ohne die Staubdecken verbessert hat.«

»Dafür sind sie auch überaus dankbar. Nur werden sie so nichts über den Schatz im Haus preisgeben.«

Wilma verschränkte die Arme: »Ich bin nicht bereit, meine Eltern zu bitten, die Gemälde zu mir in den 1. Stock umzuhängen. Die würden gewiss eine Begründung verlangen. Bei allem Respekt, Herr Rathge, mit Ihrer Mär von lippenlesenden Porträts mache ich mich nicht lächerlich.«

»Das verstehe ich. Das muss ja auch nicht sofort entschieden werden.«

»Wie wird sich der Status quo auf das Karma auswirken?«

»Das möchte ich am Montag in einer Woche überprüfen.«

»Einverstanden, wenn es hilft.«

14

Baldur führte das Dank-, glücklich- und gute Tat-Tagebuch nur drei Tage. Er bezweifelte den Nutzen, jeden Tag zu notieren, wofür er dankbar war, über was er sich gefreut hatte und welche guten Taten er vollbracht hatte. Bei den guten Taten war er sich besonders unsicher. ›Zählen dazu auch, dass ich einem Kollegen bei der Arbeit geholfen habe, oder ich mit einem Nachbarn geklönt habe und wir uns jetzt stets grüßen?‹ Am Freitag bat er Herrn Rathge, ihn am Samstag wieder zu besuchen.

Rathge warf nur einen kurzen Blick in das Tagebuch und bestätigte, dass diese Eintragungen durchaus erwähnenswert seien. Dann meckerte er über den frühen Abbruch: »Um glücklich zu werden, müssen Sie hartnäckiger werden. Sie können das, wenn Sie daran glauben! Ich verspreche Ihnen, dass Sie glücklicher werden, wenn Sie *einen* Monat lang täglich nach dem Frühstück das Tagebuch füllen. Falls Sie morgens bisher schon hetzen, stehen Sie 15 Minuten früher auf. Ich will nicht am Freitag hören, dass Sie es aufgegeben haben. Aufgeben kann jeder. Nächsten Samstag komme ich, um mich zu überzeugen, dass Sie auf dem richtigen Weg sind. Mich interessiert nicht, was Sie eingetragen haben, sondern nur, dass Sie meinen Rat befolgt haben.«

Rathge schwieg länger als üblich. Dann starrte er Baldur in die Augen und flüsterte: »Sie erwarten offenbar, dass Sie glücklich werden, wenn Sie Erfolg haben, zum Beispiel in der Firma oder Liebe. Das ist ein weitverbreiteter Irrtum. Man hat herausgefunden, dass es umgekehrt ist. Man hat Erfolg, wenn man glücklich ist.«

15

Bei seinem nächsten Besuch am Montag bei Wilma inspizierte Rathge zunächst die Porträts und die drei Stockwerke. In Wilmas Kellerbüro berichtete er ihr: »Ehepaar von Untiedt geht es unverändert gut. Sie grüßen Sie und bitten, umgehängt zu werden. Das Karma ist immer noch belastet. Es könnte und sollte besser sein. Frau Gühne, ich muss es Ihnen so direkt sagen, Sie versündigen sich am Schicksal, den Schatz im Haus unentdeckt zu lassen.«

Wilma zuckte gleichgültig die Schultern.

Sie schwiegen sich an.

Rathge erkundigte sich: »Ganz andere Frage, wie hat sich das Verhältnis mit Herrn Bach entwickelt, wenn ich so indiskret fragen darf?«

»Wer ist denn Herr Bach?«

»Baldur Bach hatte neulich Ihren Schlüssel gefunden.«

»Ach, Sie meinen Baldur. Er hat sich bei mir nie wieder gemeldet. Ich aber auch nicht bei ihm. Beraten Sie ihn noch? Hat er schon Fortschritte gemacht?«

»Über andere Klienten, wie Sie Ihre Kunden nennen, spreche ich nie. Umgekehrt würden Sie das auch nicht wollen. Haben Sie den Köder wieder ausgelegt?«

»Nein.«

»Nächsten Montag würde ich gerne prüfen, was sich im Haus verändert hat.«

»Einverstanden.«

16

Nach Rathges strenger Ermahnung und positiver Verheißung zwang sich Baldur jeden Morgen nach dem Frühstück, das Tagebuch zu schreiben, nur Stichworte zu Dank, Glück und Hilfe am Vortag. Dabei überwand er seine Hemmungen, sich zu wiederholen. Die ersten Tage fiel es ihm schwer. Ab Mittwoch freute er sich auf das morgendliche Ritual. Tagsüber dachte er mehrfach, das just Erlebte nächsten Morgen einzutragen.

Am Donnerstag, den 30. Mai, erledigte er am dienstfreien Himmelfahrtstag dringende Vorbereitungsarbeiten für den Sommerauktionskatalog in der Firma. Der Geschäftsführer, Herr Zander, war auch am Ackern.

Am Freitag meldete er Herrn Rathge telefonisch: »Das Tagebuchschreiben ist zur täglichen Routine geworden. Wir brauchen uns nicht am Samstag zu treffen.«

»Glückwunsch! Bleiben Sie unbedingt eisern bis Ende Juni dabei.«

»Mir macht es inzwischen Spaß. Vielleicht schreibe ich sogar nächsten Monat weiter.«

»Das kann ich Ihnen nur empfehlen. Haben Sie

eigentlich noch Kontakt mit Frau Gühne?«

»Ich kenne nur die Firma Gühne.«

»Ich meine Wilma Gühne.«

»Ach Wilma, nein, seit ich ihr den Schlüssel zurückgab, hatten wir keinen Kontakt, obwohl wir uns das versprochen hatten. Gehört Wilma zur Firma Gühne?«

»Ja, zur Familie.«

»Oh, das wusste ich nicht.«

Rathge schnaufte: »Dann verraten Sie ihr bitte nicht, dass Sie das von mir erfahren haben.«

»Versprochen.«

17

Am Montag untersuchte Rathge zunächst die Porträts und die drei Stockwerke. Er meldete Wilma: »Das Ehepaar von Untiedt bittet weiterhin, umgehängt zu werden. Im 1. Stock entdeckte ich optimale Plätze. Dadurch würde sich das Karma verbessern lassen. Das käme auch Ihrer Großmutter zu Gute.«

»Na gut, ansehen kann nicht schaden.«, willigte Wilma ein.

In ihrem Flur gab es zwei unbebilderte Wände, die sich gegenüberlagen. Da die Zimmertüren und Fensterrollos meistens offenblieben, war es hier heller als im 3. Stock.

Wilma fragte: »Warum eigentlich nicht bei Oma? Sie ist mehr auf Ihrer spökigen Linie.«

»Über achtzigjährige Witwen scheuen Veränderungen.«

Wilma nickte: »Ich erinnere mich, dass es Oma auch unheimlich gewesen war, dass die Beiden sie mit den Augen verfolgten. Sie hatte zwar über mein Schaudern gelacht, aber sich oft bänglich vergewissert. Ich werde das mit ihr besprechen. Wir müssten meinen Eltern auch Ersatzbilder anbieten.«

»Montag nächste Woche ist Pfingsten. Darf ich trotzdem kommen?«

»Einverstanden.«

Um 18 Uhr rief Wilma Baldurs Handynummer an. Sie hoffte, ihn zuhause zu erreichen und nicht in der Firma zu stören.

»Du hast Glück, ich bin eben zurückgekommen. Was kann ich für dich tun. Hast du wieder einen Schlüssel verloren?«

»Zum Glück nicht. Ich wollte nur hören, wie es bei dir mit Rathge läuft. Bleibst du das Pfingstwochenende in Hamburg?«

»Ja, du auch?«

Wilma zögerte: »Ja. Wollen wir uns Samstag bei Bobby Reich auf der Terrasse treffen?«

»Ja gerne, aber nur, wenn die Sonne scheint. Bei Regen lieber im Pariser Café, wo wir neulich waren. Drinnen mag ich es bei Bobby nicht.«

»Stimmt, ist arg plüschig. Sagen wir 16 Uhr?«

»Einverstanden, ich freue mich.«

Baldur freute sich auf das Treffen mit Wilma am Samstag. Er war froh, dass er Rathge ausgeladen hatte. Dessen Samstagbesuche hatten sich zum Jour fixe etabliert. Ebenso wie die tägliche Tagebuchviertelstunde, die er indes nicht mehr missen wollte. Baldur fragte sich, da Wilma Herrn Rathge Spökenkieker genannt hatte, ob es einen spökigen Zusammenhang zwischen ihrem Anruf und seiner Absage gab. Er stufte es lieber als Zufall ein.

Am Samstag schien die Sonne vom wolkenlosen Himmel. Bei Bobby Reich waren fast alle Tische auf der Terrasse besetzt. Das hatte Baldur erwartet und war zwanzig Minuten früher eingetroffen, um einen Tisch in der ersten Reihe zu ergattern. Dort direkt am Bootssteg bevorzugte er die Aussicht über die Alster. Durch beherztes Umsetzen, wenn ein besserer Platz frei wurde, gelang ihm das. Statt nun den Blick aufs blaue Wasser mit den weißen Segelbooten zu genießen, beobachtete er die Neuankömmlinge.

Kurz nach 16 Uhr traf Wilma ein. Baldur stand auf und winkte, um ihr die Suche zu ersparen. Sie trug ein knielanges, ärmelloses Sommerkleid in zartem Rosa mit rundem Ausschnitt. Beim Hinsetzen erhaschte Baldur einen viel zu kurzen Blick in ihr Dekolleté. ›beachtlich‹, beurteilte er ihre verborgene Pracht. Sie bestellten Eiskaffee.

Baldur fragte: »Bist du noch in Rathges Behandlung?«

Wilma lachte: »Genau das wollte ich dich auch fragen. Ja, zu mir kommt er jeden Montag. Und bei dir?«

»Samstags. Diese Woche hatte ich abgesagt, zum Glück.«

»Du siehst gut aus. Offensichtlich hilft er dir mit Erfolg.«

Baldur griente: »Von daher gesehen, hättest du ihn nicht benötigt.«

»Danke. Du bist doch Experte für Gemälde des 19. Jahrhunderts. Gab es damals Porträtisten mit übersinnlichen Fähigkeiten?«

»An welche Fähigkeiten denkst du?«

»Es soll angeblich Porträts geben, die den Porträtierten Unsterblichkeit verliehen.«

»Du meinst, sie wurden durch lebensechte Gemälde quasi unsterblich.«

»Mehr noch. Es soll Porträts von Liebespaaren geben, die heute noch verliebt kommunizieren.«

»Davon habe ich gehört. Gesehen habe ich sie nie. Wissenschaftliche Untersuchungen darüber sind mir nicht bekannt. Es handelt sich daher wahrscheinlich um romantische Märchen.«

»Rathge behauptet, dass zwei Exemplare bei meinen Eltern hängen. Um das Karma des Hauses zu verbessern, soll ich sie umhängen. Was hältst du davon?«

»Über Karma weiß ich fast gar nichts. Einige Menschen sollen einen Sinn dafür haben. Rathge traue ich das durchaus zu.«

Wilma nickte und atmete tief aus.

Baldur spürte, dass Wilma mehr bewegte. Endlich fragte sie: »Wenn ich mich dazu entschließe, kannst du mir beim Umhängen helfen? Die Bilder sind riesig und möglicherweise ziemlich schwer. Die Haken müssten sehr hoch gedübelt werden. Das sollte nicht unser kleiner Hausmeister erledigen. Hast du geeignetes Werkzeug dafür?«

»Das kann ich gut. Ich helfe dir gerne. Wovon hängt deine Entscheidung ab?«

»Ich muss natürlich vorher noch meine Eltern fragen. Davor möchte ich das mit meiner Oma besprechen.«

»Was hat deine Oma damit zu tun?«

»Sie kennt die Vorgeschichte des Hauses und der meisten Gemälde.«

»Warum diskutiert ihr das nicht zusammen?«

»Meine Eltern sind selten in Hamburg.«

Baldur lehnte sich zurück: »Ich würde mir gerne mal die spökischen Porträts anschauen. Wer hat sie gemalt?«

Wilma kicherte: »Ich muss gestehen, noch nicht gekuckt zu haben. Vielleicht sind sie wertvoll. Dann müsste ich meinen Eltern adäquaten Ersatz anbieten. Dafür bräuchte ich deine Expertise.«

»Ich helfe dir gern. Wenn es sich um Werke des 19. Jahrhunderts handelt, kenne ich mich gut aus. Wann wirst du deine Oma treffen?«

Wilma lächelte versonnen: »Wir sind morgen, wie jedes Jahr, zum Pfingstsonntagfrühstück verabredet.«

Auf dem Heimweg dachte Baldur, ›Was für eine tolle Frau!‹ Er wusste jetzt schon, was er ins Tagebuch schreiben würde. ›Hoffentlich bald wieder!‹

19

Nächsten Morgen lief Wilma die Treppe zur Wohnung ihrer Oma hoch. Der Fahrstuhl wäre ihr zu langsam gewesen. Ihre Oma erwartete sie an der Wohnungstür im hellblauen Seidenkleid, ihrer feinen Sonntagsgardrobe.

Beide riefen laut: »Fröhliche Pfingsten!«

Der Frühstückstisch war mit einem Strauß roter Zwergrosen festlich geschmückt. Das Wichtigste umrandete die Teller, Schokoladenmaikäfer in brauner Folie auf schwarzer Pappe, gestanzt wie die Käferbeinchen.

Wilma rief begeistert: »Wie lieb, dass du daran gedacht hast.«

Oma lachte: »Wie sollte ich das vergessen. Die letzten Süßigkeiten bis zum bunten Teller unter dem Weihnachtsbaum. Die freudlose Zeit wäre uns sonst gar zu lang.«

Wilma nickte: »Das wurde uns arg bewusst, als Mama und Papa diesen, in ihren Augen, zu kindlichen Brauch abschafften.«

»Darum genießen wir unser Glück jetzt umso mehr.« Dabei wickelten sie ihren ersten Käfer aus und steckten ihn in den Mund. Dazu tranken sie Kaffee.

Später setzten sie sich mit den restlichen Mai-käfern in den Salon. Wilma fragte: »Was weißt du über die Vorgeschichte des Hauses?«

»Um 1900 baute ein reicher Bankier das Haus für seine Familie. Sie waren Juden und verkauften es, kurz nachdem Hitler an die Macht kam, um vor den Nazis nach Amerika zu fliehen. Für den Palast bekamen sie einen Spottpreis. Im Krieg blieb das Haus unbeschädigt. Zwanzig Jahre nach Kriegs-ende konnte der Käufer sich den Erhalt des Hauses nicht mehr leisten. Opa kaufte ihm das renovie-rungsbedürftige Gebäude zum Marktpreis ab. Wegen der Lage war es trotzdem bannich düür.«

»Wann kamen die Porträts, die jetzt im 3. Stock hängen, ins Haus?«

»Ich glaube, die hingen von Anfang an im 1. Stock. Ob schon bei den Juden, weiß ich nicht. Mir waren die beiden Bilder nie gehüür. Deren Augen belurten mich immer, wenn ich im Treppenhaus vorbeikam.«

»Stimmt, deshalb war ich froh, als ich in den 1. Stock zog, dass Mama und Papa sie mit in den 3. Stock nahmen.«

»Das verstehe ich.«

»Herr Rathge empfiehlt, sie wieder zurückzuhängen.«

»Warum das denn?«

»Wegen des Lichts. Es sei dort oben meistens dunkler als unten. Für das Karma des Hauses sei es besser, wenn die Beiden sich sehen können. Ob Mama und Papa damit einverstanden sind, wenn wir sie umhängen?«

»Ich denke schon. Eigentlich sind es ja meine Gemälde. Mir gehört das Haus mit Inventar.«

Wilma schniefte: »Wir sollten trotzdem mit ihnen darüber reden. Vielleicht möchten sie Ersatzbilder von unten.«

Oma zuckte die Schultern: »Wenn sie weiterhin so selten und kurz in Hamburg sind, sollte es ihnen schnurz sein.«

20

Am Pfingstmontag informierte Wilma Herrn Rathge gleich bei seiner Ankunft:»Oma ist mit dem Umhängen der Porträts einverstanden. Nun muss ich nur noch meine Eltern überzeugen. Fachkundige Hilfe für das Umhängen habe ich in Aussicht. Mit diesem Wissen verbessert Ehepaar von Untiedt das Karma eventuell jetzt schon.«

»Versuchen kann ich das. Ich befürchte nur, dass sie nicht darauf eingehen werden. Das Karma ist ihr einziges Druckmittel.«

»Vergessen Sie nicht den mysteriösen Schatz, auf den Sie anscheinend so scharf sind. Vielleicht verraten die Beiden Ihnen etwas mehr, um mich zu motivieren, sie zügiger umzuhängen.«

»Ich werde es probieren.«

Nach zwei Stunden meldete Rathge:»Ob sie das Karma tatsächlich, wie versprochen, verbessern, werde ich nächsten Montag feststellen. Über den Schatz verraten sie erst etwas nach dem Umhängen.«

»Schade, dann müssen Sie sich gedulden. Wir sehen uns nächsten Montag wieder. Übrigens am Samstag habe ich mich mit Baldur getroffen. Den haben Sie ja ganz schön aufgebaut. Der ehemalige

Trauerkloß verströmt kaum noch Trübsal.«

Rathge lächelte: »Er ist endlich ein folgsamer Schüler geworden. Wenn er so weitermacht, wird er spätestens in drei Wochen nachhaltig glücklich sein.«

Am Pfingstmontag schrieb Baldur, wie jeden Tag nach dem Frühstück das Tagebuch. Er freute sich immer darauf. Danach fühlte er sich optimistisch und tatendurstig. Stress und Sorgen empfand er als Herausforderungen, die er gewiss bewältigen würde.

Bei trüben aber trockenen Wetter wanderte er zur Firma. Dem Katalog für die Sommerauktion fehlte noch der letzte Schliff. Ausgerechnet in dieser zeitkritischen Phase zog es Lars, seinen ungeliebten Chef, nach London. Für den Städtetrip nahm er sogar Freitag schon frei und plante, erst am Dienstag weiterzuarbeiten. Baldur genoss die Ruhe im fast menschenleeren Büro, kaum Telefongebimmel, keine pseudodringenden E-Mails, ohne unproduktive Meetings. Konzentriert hatte er mittags mehr erledigt als abends an normalen Tagen. Beim Verlassen der Firma traf er Herrn Zander, den Geschäftsführer: »Hallo Baldur, hat Sie Lars gebeten, ihn bei den Vorbereitungen unseres Sommerkatalogs zu vertreten, damit er es sich fünf Tage in London gemütlich machen kann?«

»Nein, das war nicht nötig. Lars setzte auf unser beider Pflichtbewusstsein, das Sie wahrscheinlich auch heute hierhertrieb.«

Zander lachte: »Ja, es gibt Jahre, in denen die gesetzlichen oder kirchlichen Feiertage nicht zu unseren betrieblichen Terminplänen passen.«

Zuhause erwog Baldur, Wilma anzurufen, um sich für den netten Nachmittag auf der Terrasse bei Bobby Reich zu bedanken. Aber das erschien ihm gar zu schleimig. Bei der Gelegenheit wollte er sie auch fragen, wie die Porträts signiert sind. Indes könnte sie das in Verlegenheit bringen, wenn sie das vergessen haben sollte. Umgekehrt wäre es ihm peinlich, wenn er den Maler nicht kennen sollte. So verkniff er sich das Telefonat.

22

Wilma begrüßte Herrn Rathge am Pfingst-montag zur Karmainspektion. Er stieg sofort in den 3. Stock. Sie blieb im 1. Stock, ließ ihre Woh-nungstür aber geöffnet. Nach einer guten Stunde hörte sie ihn im Treppenhaus mit Oma sprechen. Was, verstand sie nicht.

Eine Viertelstunde später berichtete Rathge ihr: »Das Karma hat sich minimal verbessert. Es ist aber immer noch belastet. Das teilte ich Ihrer Großmutter auf Anfrage mit. Über den Schatz habe ich nichts Neues erfahren. Ehepaar von Untiedt bettelt nach wie vor, umgehängt zu werden. Haben Sie das mit Ihren Eltern inzwischen geklärt?«

»Nein, haben Sie den ominösen Schatz Oma gegenüber erwähnt?«

»Nein.«

An der Tür klopfte es. Oma verkündete: »Ich habe eben mit deinen Eltern telefoniert. Sie sind mit dem Umhängen einverstanden. Nur die Bilder-haken sollen oben bleiben, wo sie sind. Du wirst Hilfe brauchen. Diese riesigen Gemälde sind dammi schwer. Dafür ist unser Hausmeister zu lütt.«

»Keine Sorge, ich habe einen Fachmann in

petto. Den rufe ich heute Abend an. Er wird das hoffentlich am Wochenende erledigen.«

Oma seufzte: »Herr Rathge ist überzeugt, dass danach wieder das Glück ins Haus einziehen werde. Das wünsche ich besonders dir von ganzem Herzen.«

Rathge strahlte: »Dann werde ich am nächsten Montag prüfen, was sich verändert hat.«

»Einverstanden.« Wilma hoffte, dass vorerst das sein letzter Besuch sein würde. Sie fühlte sich durch Rathges regelmäßigen Montagsvisiten in ihrer Freiheit eingeschränkt. Die war ihr wichtiger als das obskure Karma.

Auf dem Heimweg am Montagabend bimmelte Baldurs Telefon. Wilma meldete sich: »Hallo, störe ich?«

»Nein, das kann ich mir bei dir schwerlich vorstellen.«

»Ich habe zwei gute Nachrichten. Erstens, meinen Eltern ist es recht, wenn wir die Porträts umhängen. Zweitens, die Bilder sind von Tischbein signiert.«

»Oh, alle Achtung! Stehen vor dem Namen noch die Buchstaben J, F, A?«

»Müsste ich nachsehen. Kennst du Tischbein?«

»Von Johann Friedrich August Tischbein hängen Gemälde in der Hamburger Kunsthalle. Er war ein berühmter Porträtmaler zur Zeit des Klassizismus, Ende des 18. Anfang des 19. Jahrhunderts. Sein Onkel malte das bekannte Porträt ›Goethe in der römischen Campagna‹.«

Wilma lachte: »Interessant. Wann hängen wir die Bilder um? Dabei kannst du prüfen, welches Tischbein sie gemalt hat.«

Baldur lachte: »Mir passt es am Wochenende am besten. Reicht dir das?«

»Samstag Nachmittag wäre perfekt.«

»Ich arbeite lieber mit meinem Werkzeug. Es ist

zu unhandlich fürs Fahrrad. Hast du ein Auto?«

»Ja.«

»Könntest du mich abholen?«

»Sage mir nur wann und wo.«

Beschwingt ging Baldur nach Hause. Er freute sich auf Wilma, obwohl er sich noch fünf Tage gedulden musste. ›Ein Glück, dass sie mich nicht veräppelte, weil ich kein Auto besitze. Mit einer Bushaltestelle vor der Haustür und kurzem Fußweg zur Firma, wäre hier ein Auto ohne Garagenplatz für mich nur eine Last.‹

Zuhause pellte er sich aus dem verschwitzten Anzug. Zum Glück kühlte eine Klimaanlage das Büro. Dieses Jahr verwöhnte das Wetter die Hamburger mit untypischen Höchsttemperaturen. Keiner wagte, die Klimaveränderung zu loben, die die Medien als Katastrophe ausschlachteten. Allein der fünfzehn Minuten Fußweg nässte Oberhemd und Unterwäsche zum Auswringen. ›Was ziehe ich nur an, wenn es Samstag so heiß bleibt?‹

24

Am Samstag, den 15. Juni, brach die Sonne nachmittags den langjährigen Hitzerekord. Normalerweise schlüpfte Baldur in seinen Overall, um bei Schmutzarbeiten seine Kleidung zu schützen. Heute wäre das zu warm. Er wählte ein verwaschenes Oberhemd und zerschlissene Jeans. Beide Teile müssten demnächst ersetzt werden. Das Werkzeug, Haken und Dübel hatte er bereits im Keller zusammengestellt.

Wilma holt ihn pünktlich um 15 Uhr ab. Ihr Mini parkte dreist auf dem Bürgersteig vor der Haustür. Sie trug figurbetonend ein weißes ärmelloses Top und ausgefranste Jeansshorts. Gemeinsam luden sie die Ausrüstung in den Kofferraum. Der fasste mehr, als von außen zu erwarten war. Wilma brauste flott los, vom Mühlenkamp in den Poelchaukamp. Baldur erwartete, dass sie über die Alsterbrücken fahren würden. Doch Wilma bog kurz vorher links in die Bellevue ab. In der Kurve, wo Baldur ihren Schlüssel gefunden hatte, hielt sie und öffnete mit einer drahtlosen Fernbedienung das schmiedeeiserne Tor zur Auffahrt neben einer schmucken, weißen Villa. Inzwischen rollte das Tor für die Tiefgarage hoch. Dort unten füllte der

Mini die Lücke zwischen zwei noblen Limousinen in Staubmänteln. Das Licht flammte automatisch auf und die Tore schlossen sich.

Baldur hatte es die Sprache verschlagen. Vorsichtshalber räusperte er sich, bevor er kommentierte: »Hier wohnst du also. Was für ein Palast! Alle Achtung!«

Wilma lachte: »Ich wohne aber nur im 1. Stock und arbeite im Kellerbüro neben der Hausmeisterwohnung. Pietro, der Hausmeister, hat schon die stabile Leiter nach oben gestellt. Der lütte Italiener schien mir etwas verstimmt, dass ich ihn nicht um Hilfe bat. Er will sich aber heute Nachmittag bereithalten.«

Baldur nickte: »Bevor wir alles ausladen, möchte ich mir die Exponate und die neue Lokation anschauen.«

Der Fahrstuhl brachte sie in den 3. Stock. Wilma schloss die Wohnungstür auf und schaltete das Flurlicht ein. Baldur stellte sich zwischen die Porträts. Erst betrachtete er Frau von Untiedt, dann drehte er sich, um Herrn von Untiedt anzustarren. Bei beiden faszinierten ihn die lebendigen Augen. Er begutachtete die Gemälde aus der Nähe, fast auf Nasenlänge.

»Riechen sie akzeptabel für mein Entree?«, alberte Wilma.

Baldur nickte grinsend und fotografierte die Signaturen mit dem Smartphone: »Die Signatur ›Tischbein‹ ohne Kürzel der Vornamen ist ungewöhnlich. Ich prüfe das in der Firma.«

»Warum ist das ungewöhnlich?«

»Es gab Vater, Sohn und Onkel Tischbein mit überregionaler Bekanntheit. Wenn jemand nur mit Tischbein signierte, hieß er vielleicht anders und schmückte sein Werk mit berühmtem aber falschem Namen.«

»Vielleicht ein anmaßendes Pseudonym als Künstlername? Da sie nicht verkauft werden sollen, ist das ziemlich schnurz. Was hältst du von den Bildern? Veredeln sie meine Diele?«

»Du kannst dich glücklich schätzen, solche Meisterwerke zu besitzen. Wobei du bei Porträts oft von Gästen gefragt werden wirst, ob die Personen Vorfahren deiner Familie seien.«

»Damit kann ich leben. Was sollte ich antworten?«

Baldur grinste: »Einfach, ja.«

»Cool!«

Baldur zog die Rahmen unten etwas von der Wand und schaute dahinter, um zu erkennen, wie sie befestigt waren. »Jetzt zeige mir bitte, wo sie hängen sollen.«

Der Eingangsbereich des 1. Stocks wirkte ohne Bilder kahl. Wilma wies auf die beiden Wände für die Gemälde.

Baldur rief: »Da sind ja schon oder noch Haken. Wenn die Höhe passt, brauchen wir nicht bohren.«

An der Wohnungstür klopfte jemand. Wilma öffnete: »Hallo Pietro, wollen Sie uns helfen.«

»Beim Umzug in den 3. Stock hatten Ihr Vater und ich den Hund und diese Schutzdecken benutzt.« Dabei zeigte er auf ein Holzbrett mit vier Gummirädern und zwei graue Grobdecken. »Die Bilder sind unglaublich schwer. Die wiegen mindestens so viel wie die gemalten Personen. Wir waren froh, sie zu rollen.«

Baldur begrüßte ihn mit Handschlag: »Hallo Pietro, ich heiße Baldur. Der Hund und die Decken sind höchst willkommen.«

»Wenn gebohrt werden muss, bittet Maria, meine Frau, den Staubsauger neben die Bohrlöcher zu halten, damit nicht der Kalk durch das ganze Haus getrampelt wird.«

Wilma beruhigte: »Wir brauchen nicht bohren. Die alten Haken stecken hier noch in der Wand.«

»Das wollte Ihr Vater so. Ich sollte sie nur Weiß anpinseln.«

Baldur schlug vor: »Dann lassen Sie uns die Porträts holen.«

Im 3. Stock stellten sich Baldur und Pietro neben die Gemälde und hoben sie so weit hoch, dass Wilma auf der Leiter die Seile von den Haken lösen konnte. Trotz Pietros Warnung überraschte Baldur das Gewicht. ›Ein Glück, dass Pietro mit hebt. Nur mit Wilma wäre das schiefgegangen. Die vergoldeten Rahmen sind wohl im Kern aus Eisen. Auch eine Art von Diebstahlschutz!‹

Mit Decken umhüllt schoben sie beide auf dem Hund in den Fahrstuhl. Im 1. Stock schafften sie es, sie aufzuhängen.

Wilma rief: »Oh, jetzt hängen sie vertauscht.«

Etwas außer Atem schnaufte Pietro: »So aber für mich sympathischer, vorher starrte mich der Kerl immer so streng an, wenn ich hereinkam, als ob er fragte, ›Was willst du hier?‹. Nun strahlt mich die Frau freundlich an. Ich bin gespannt, wie Maria das empfindet. Sie klagte oft, dass die Frau sie vorwurfsvoll anblickte, wenn sie sie länger als drei Tage nicht staubgewischt hatte.«

Alle lachten. Wilma verstand Maria. Pietro zog sich zurück.

Wilma bot Baldur an: »Komm` `rein in die gute Stube. Jetzt trinken wir erst mal einen Kaffee. Ich habe uns eine kleine Lindner Torte besorgt.«

»Oh ja, am liebsten auf der Terrasse mit der famosen Aussicht auf die Alster. Für die feine Adresse hätte ich mich besser anziehen sollen.«

»Keine Sorge, wir sind hier privat. Oma weiß, dass wir schmutzige Arbeit planten.«

»Ach, wohnt deine Oma bei dir?«

»Fast. Sie lebt im 2. Stock. Wenn ich Besuch habe, linst sie gerne, besonders bei Herrenbesuch.«

»Hast du oft Herrenbesuch?«

Wilma kicherte: »Ab wann beginnt ›oft‹? Kurios finde ich, dass Oma die Besucher ›Verehrer‹ nennt, wenn sie einen dreimal gesichtet hat.«

»Ihr versteht euch offenbar gut.«

»Ja, darüber bin ich froh und dankbar, besonders seit meine Eltern ausgezogen sind. Wie läuft es bei dir mit Herrn Rathge?«

»Ich bin überaus zufrieden. Normalerweise kam er immer samstags. Für heute und letzte Woche hatte ich vorher abgesagt. Wie läuft es bei dir mit ihm?«

»Am Montag wird er wieder das Karma des Hauses prüfen. Durch das Umhängen der Porträts soll es sich verbessern.«

»Dadurch kehrt das Glück zurück und du wirst hoffentlich wieder glücklich.«

»Wie kommst du darauf, dass ich nicht glücklich bin? Sehe ich so unglücklich aus?«

Baldur lächelte: »Als wir bei der Schlüsselübergabe das erste Mal sprachen, sagtest du, dass du zwar Glück gehabt hast, aber nicht glücklich seist. Daran arbeitest du noch.«

»Stimmt, das geht dir wohl nicht aus dem Kopf.«

Baldur nahm all seinen Mut zusammen: »Ich bin froh und dankbar, dich kennengelernt zu haben. Es macht mich glücklich, dass wir uns heute zum dritten Mal treffen. Nach der Zählweise deiner Oma bin ich jetzt ein Verehrer. Damit hat sie im wortwörtlichen Sinn durchaus recht.« Er befürchtete, rot zu werden.

Wilma ergriff seine heiße Hand: »Das hast du so lieb gesagt, dass ich zutiefst gerührt bin.«

Baldur erwiderte ihren Händedruck: »Ich bin gespannt, ob und gegebenenfalls wie sich das Bilderumhängen auf dein Glück auswirkt. Lass es mich auf jeden Fall wissen.«

»Rathge ist überzeugt davon.«

25

Am Sonntag stellte Wilma keine nennenswerte Gemütsverbesserung fest. Dafür wanderten ihre Gedanken oft zu Baldur. ›Ich weiß nicht, wie Rathge das geschafft hat, aber Baldur verströmt keine Verbitterung mehr. Er ist nun eindeutig positiv gepolt. Hoffentlich gelingt Rathge das auch bei mir. Anscheinend verspricht er sich von dem verborgenen Schatz mehr als ich. Spekuliert er auf Finderlohn oder auf üppigere Entlohnung seiner Dienste?‹

Nachmittags setzte sich Wilma in den Flur zwischen die Porträts und beobachtete die Gesichter. Ihr schien, dass Frau von Untiedt freundlicher lächelte. Ihr Mann starrte nicht mehr gar so streng. ›Vielleicht bilde ich mir das nur ein.‹

Wilma lockerte die Lippen und sprach betont langsam: »Ihr hängt hier jetzt seit 24 Stunden. Ist es hell genug?«

Ihr Blick wechselte rasch zwischen den Mündern der Beiden. Eine Antwort erkannte Wilma nicht. Nach fünf Minuten gab sie auf.

Am Montag berichtete sie Rathge davon. Er nickte nur und setzte sich auf ihren Beobachtungsposten. Wilma zog sich zurück.

Drei Stunden später meldete er: »Ehepaar von Untiedt ist glücklich über die verbesserten Lichtverhältnisse. Die Aura des Hauses ist unbelastet. Über den Schatz erfuhr ich wenig. Erst als ich drohte, sie wieder mit den Staubschutzdecken zu verhängen, wiederholten sie sämtliche Einzelheiten und schworen, nicht mehr zu wissen.«

»Und was plauderten sie aus?«

»Tischler trugen Holzlatten und Bretter in den Keller. Später brachte die Dame des Hauses flache Kästen nach unten. Der Hausherr schleppte diverse Bilder auch dorthin. Mehr war nicht rauszukriegen. Vergessen Sie nicht, sie können nur sehen aber nicht hören.«

»Und wann war das?«

»Da sind sich die 200-Jährigen nicht sicher. Mit der Zeit haben die das nicht mehr so.«

»Dann soll ich also im Keller suchen. Oder haben Sie einen Spürsinn für Verborgenes oder gar eine Wünschelrute?«

Rathge schüttelte den Kopf.

Wilma schniefte: »Dann werde ich mich auf Schatzsuche begeben und Sie telefonisch über das

Ergebnis informieren.«

Rathge nickte: »Nächsten Montag werde ich nur kommen, wenn Sie mich anrufen.«

Wilma verkniff sich, aufzuatmen, bis Rathge das Haus verlassen hatte. Dann frohlockte sie: ›Wenn ich Glück habe, werden die Montage endlich wieder frei.‹

Abends trieb sie die Neugier in den Keller. Unter der Holztreppe erregte ein Regal ihr Interesse. Mit ungehobelten Holzlatten und -brettern war der Freiraum unter der Treppe passgenau ausgefüllt. Die unteren Regalböden waren mit alten Restfarbtöpfen, Rasendüngereimern und ähnlichem Müll belegt. Weiter oben warteten ausrangierte Lampen, Radios und andere Geräte auf ihre endgültige Entsorgung. Ein simpler Vorhang verbarg den verstaubten Abfall.

›Hier könnte ich massenhaft Ordner auslagern.‹, freute sie sich, ›Morgen bitte ich Pietro, das Regal zu entrümpeln.‹

26

Am Dienstag rief Wilma zunächst Baldur an: »Hallo, ich bin mir bewusst, dass ich die Grenze zur Unverschämtheit überschreite, wenn ich dich schon wieder um Hilfe bitte.«

»So vermeidest du meinen Groll, falls du einen anderen Kerl bätest. Was, wo und wann hättest du denn gerne?«

»Was erkläre ich dir lieber bei mir im Keller. Passt dir diesen Samstag 15 Uhr?«

»Ja. Brauchen wir mein Werkzeug?«

»Nein.«

»Was ziehe ich am besten an?«

Wilma lachte: »Hemd und Hose wie letzte Woche, wenn sie nicht gar zu streng muffeln. Hast du einen Sensor, mit dem man Kabel und Rohre in Wänden lokalisiert?«

»Soll ich den mitbringen?«

»Könnten wir vielleicht brauchen.«

»Nun hast du mich total neugierig gemacht. Um was geht es denn überhaupt?«

Wilma kicherte: »Darüber würde Rathge auch nicht am Telefon sprechen.«

Dann bat Wilma den Hausmeister, das Regal vollständig zu entrümpeln. »Schaffen Sie das bis

Freitagabend?«

Pietro nickte und fragte: »Was haben Sie vor?«

»Ich brauche den Platz für Aktenordner.«

»Soll ich die Regalböden auf Ordnerhöhe einstellen?«

»Zunächst brauche ich das Regal nur leer und sauber.«

»Soll Maria den Vorhang waschen?«

»Nein, vorerst nicht.«

27

Baldur hatte sich seit Wilmas rätselhafter Einladung auf den Samstagnachmittag gefreut. Diesmal kleidete er sich adretter mit gebügeltem, hellblauen Oberhemd und dunkler Chinohose. Vorsichtshalber packte er den Overall, den Metalldetektor und einen Zollstock in eine Einkaufstasche. Blumen hielt er für diesen Besuch für unpassend.

Kurz nach 15 Uhr klingelte er bei ›W. Gühne‹. Es gab noch zwei weitere Gühne-Tasten mit anderen Buchstaben vorweg. Der Türöffner surrte. Baldur betrat das Treppenhaus. Wilma öffnete ihre Wohnungstür und reichte ihm die Hand zur Begrüßung. Sie trug eine rosa Bluse, die in einem schwarzen Minirock steckte. Er folgte ihr ins Wohnzimmer.

»Bei dem frischen Wind ist es heute zu ungemütlich auf der Terrasse. Setz dich hier hin mit Alsterblick.«

Baldur simulierte den Unwissenden: »An den Klingelknöpfen standen ›Gühne‹. Wohnen hier die Inhaber der hamburger Firma Gühne?«

Wilma atmete aus und nickte.

Baldur wusste nicht, was er dazu sagen sollte. Er sank in das weiche Sofa und schaute fasziniert nach draußen.

Wilma lächelte: »Heute geht es auf Schatzsuche. Im Keller soll er versteckt sein. Die Porträtierten wissen nicht genau wo, aber sie haben beobachtet, dass Tischler Holz in den Keller gebracht haben und die früheren Eigentümer Kästen und Bilder hinuntertrugen. Ich habe schon alles abgesucht. Das einzige Hölzerne ist das Regal unter der Treppe. Pietro hat es diese Woche geleert. Nun sind wir daran.«

Baldur begutachtete das leere Regal aus ungehobelten Latten und Brettern. Die unbehandelten Regalböden waren teilweise fleckig, wahrscheinlich Ränder von Schmutzeimern.

»Was mich wundert, ist die Rückwand. Die wäre hier im Keller nicht notwendig.« Er klopfte an das Holz. Es klang hohl. Mit dem Zollstock maß er die Breite der Treppe und die Tiefe des Regals. Er schaute Wilma an: »Hinter dem Regal ist ein Hohlraum von fast einem halben Meter bis zur Wand.«

»Das sieht und ahnt man nicht, wenn man davor steht, ein passables Versteck. Wie öffnen wir es?«

»Mit besserem Licht könnten wir die Rückwand genauer untersuchen. Hast du eine Taschenlampe?«

»Schauen wir mal in der Garage nebenan.« Wilma öffnete eine Stahltür. An einem Wandhaken hing eine Kabellampe. Das Kabel reichte bis zum Regal. Systematisch leuchtete und klopfte Baldur die Rückwand ab.

Er schüttelte den Kopf: »Schade, ich hatte gehofft, eine Klappe zu finden.«

»Die wäre nur sinnvoll, wenn das Versteck immer mal wieder geöffnet werden sollte. Ich vermute aber, dass damit für längere Zeit nicht gerechnet wurde.«

Baldur rüttelte an einer der senkrechten Streben. Es schwankte kaum. »Dann bleibt uns nur, das Monstrum von der Wand zu ziehen. Du zerrst an der niedrigen Seite, die ist leichter, ich auf der hohen.«

Gemeinsam zogen sie. Die Konstruktion bewegte sich nicht. »Wir müssen die Regalböden herausnehmen. Dann wird es weniger wiegen.«

Wilma nickte: »Nach präziser Maschinenarbeit sehen die nicht aus. Deshalb lass sie uns sorgfältig stapeln. Damit sie wieder genauso eingelegt werden können, falls sie nicht exakt identisch sind.«

Auf Baldurs Kommando zerrten sie das leere Regal Zentimeter für Zentimeter von der Wand. Es knirschte und schrammte.

Wilma keuchte: »Ich glaube das reicht. Ich versuche mal, reinzukriechen.«

Baldur hielt die Kabellampe hoch und leuchtete hinter die Rückwand. Vorne waren flache Kästen treppenförmig gestapelt. Dahinter hingen dicht an dicht verhüllte Bilder an der Kellerwand.

Wilma jubelte: »Wir haben den Schatz gefunden!« Sie reichte Baldur einen der Kästen heraus. »Oh, der ist schwerer, als er aussieht.«

Er legte ihn auf die Treppe. Wilma zwängte sich zurück. Baldur zog das Regal auf der Treppenseite weiter heraus, um bequemer hinter das Regal zu steigen. Ihn interessieren die Bilder. Zunächst hob er nur die Abdeckungen hoch. Es waren gerahmte Ölgemälde. Spinnen und andere Insekten hatten sie respektlos beschmutzt. Die Bilder müssten dringend gereinigt werden. Wilma hatte inzwischen den Kasten auf der Treppe geöffnet: »Oh, das ist ein Silberbesteck, allerdings bannig angelaufen. Reiche mir bitte die anderen Kästen auch heraus.« Sie stapelte insgesamt ein Dutzend auf den Treppenstufen.

Baldur fragte: »Sollen die Bilder auch raus?«

»Ja, wenn sie nicht zu schwer sind. Sonst bitte ich Pietro, mit anzufassen.«

»Ich fange mit den kleineren Bildern an. Ich hoffe, du hast keine Spinnenphobie.« Baldur löste die Abdeckungen und schüttelte die Gemälde kräftig ab, bevor er sie Wilma reichte. Sie lehnte zehn Werke nebeneinander an die Wände.

Gemeinsam betrachteten sie die Sammlung.

»Ehrlich gestanden, gefallen sie mir nicht.«

Baldur kommentierte: »Sie sind im guten Zustand, aber müssen natürlich noch gereinigt werden. Das ist moderne Kunst des frühen 20. Jahrhunderts. Das ist nicht mein Spezialgebiet. Bei den Nazis galten derartige Bilder als entartete Kunst und waren verboten. Das hinderte sie aber nicht, sie zu konfiszieren und gewinnbringend ins Ausland zu verhökern. Ich fotografiere sie, um einen spezialisierten Kollegen zurate zu ziehen. Vielleicht sind wertvolle Gemälde dabei.«

Wilma leuchtete mit der Kabellampe und schaute zu, wie er mit dem Smartphone die abstrakten Bilder aufnahm. Von den Signaturen knipste er Nahaufnahmen.

Dann trugen sie den Schatz in Wilmas Büro nebenan. Baldur wollte das Regal wieder unter die Treppe schieben.

Wilma stoppte ihn: »Maria soll am Montag dahinter erst mal sauber machen, einmalige Gelegenheit. Mit Pietro kann sie das Regal zurückdrücken und die Borde einlegen.«

Baldur nickte.

Wilma lud ein: »Jetzt haben wir uns einen Kaffee verdient.«

Beim Löffeln der kleinen Erdbeertorte von Lindner sinnierte Wilma: »Mit dem Fund des Schatzes ist bewiesen, dass Rathge tatsächlich mit den Porträts kommuniziert hat. Ich hielt das Lippenlesen in Öl gemalter Münder für unmöglich. Nur weil wir sie ins Helle umhängten, verrieten sie genügend Details, um das Versteck zu finden. Das erinnert mich, Rathge für Montag abzusagen.«

28

Am Montagmorgen entnahm Wilma je ein Messer, Gabel, Suppenlöffel und Teelöffel aus den Schatullen und gab die schwarzangelaufenen Teile Maria: »Putzen Sie bitte das Besteck, damit es wieder glänzt.«

Maria fragte: »Bis wann?«

»Heute Abend reicht.«

Maria schlug die Augen nieder und seufzte: »Wenn es nur diese vier Teile sind, schaffe ich das. Für eine zwölf Personen Garnitur bräuchte ich Tage. Das kenne ich von Ihrer Großmutter. Früher benutzte sie solch ein Tischbesteck. Es kann sein, dass die Messerklinge fleckig bleibt.«

Wilma nickte und verschwand im Bürozimmer.

Am Nachmittag legte Maria das blitzblanke Besteck Wilma auf den Schreibtisch. Wilma bedankte sich und bat: »Machen Sie bitte hinter dem Regal unter der Kellertreppe sauber, bevor Sie es mit Pietro wieder an die Wand schieben.«

Wilma untersuchte die blanken Teile. Auf den Rückseiten las sie winzige Eindrücke: ›R&B 925‹. Vor den Zahlen waren ein Halbmond und eine Krone gestanzt. Auf den Vorderseiten stand in geschwungener Schrift ›Simon‹. Wilma vermutete, was das bedeutete. Sie nahm das Besteck mit und fragte ihre Oma.

Sie bestätigte ihr: »R&B stehen für Robbe & Berking, eine renommierte Edelsilberschmiede. Der Halbmond und die Krone mit 925 sind die genormten Symbole für Vollsilber höchster Reinheit. Das Besteck war für die Familie Simon graviert worden. Wo hast du das her?«

»Das vollständige Besteck für 12 Personen war hinter dem Regal unter der Kellertreppe versteckt.«

»Wie bist darauf gekommen?«

»Rathge, der olle Spökenkieker, hat es von den Porträtierten erfahren. Gestern haben Baldur und ich es gefunden. Kennst du die Simons?«

Oma schüttelte den Kopf: »Möglicherweise hießen die Vorbesitzer der Villa Simon. Vielleicht haben sie es vor ihrer Flucht vor den Nazis dort versteckt. Es ist wertvoll, aber zu schwer zum Mitnehmen. Sie hofften wohl auf ihre Rückkehr, die Armen.«

Wilma grübelte: »Kennst du jemanden, der Kontakt zu ihnen hat?«

»Nein, ich war ein Jahr alt, als sie Deutschland verließen. Erst 30 Jahre später kauften wir dieses

Haus. Der Verkäufer, also der Zwischeneigentümer, ist vor etlichen Jahren gestorben.«

»Die Simons sollten ihr Besteck zurückbekommen. Siehst du das auch so?«

Oma nickte: »Nach all dem Leid, was den Juden angetan wurde, solltest du es wenigstens versuchen.«

Wilma überlegte: »Du hast recht, das werde ich versuchen. Das heißt, du legst keinen gesteigerten Wert auf das Besteck.«

»Wie meinst du das?«

»Nun, wir haben es in deinem Haus gefunden, es gehört dir, wenn niemand Anspruch erhebt.«

»Du siehst das mit der Juristenbrille. Ich benutze ein edles Bestecksortiment aus Edelstahl. Wenn ich jetzt auf Silber umstiege, verlangt Maria eine Gehaltserhöhung. Wenn der ursprüngliche Eigentümer, so du ihn denn findest, auf das Silberputzen verzichtet, behalte es doch für deine Aussteuer.«

Wilma kicherte: »Deine altmodischen Ausdrücke bringen mich immer wieder zum Lachen.«

Die entarteten Kunstgemälde hatte Wilma nicht erwähnt, weil sie erst Baldurs Taxierung abwarten wollte.

Abends telefonierte Wilma mit Kurt, einem ehemaligen Kommilitonen: »Hallo Kurt, smart, dass du deine Mobilfunknummer behalten hast. Sonst hätte ich dich nicht erreicht. Wenn es jetzt nicht passt, rufe ich später wieder an. Wo bist du überhaupt?«

»Hallo Wilma, ich bin in New York und habe gerade lunch break. Es passt also gut. Bist du noch in Hamburg?«

»Ja. Hast du deinen Traumjob bei Baker Mckenzie bekommen?«

»Ja. Hast du dich selbstständig gemacht?«

»Ja, ich leite meine Einefraukanzlei und du bist einer der 5.000 Anwälte im renommiertesten Rechtsanwaltskonzern Baker Mckenzie. Wie geht es dir?«

Kurt schnaufte: »Gut, dir hoffentlich auch. Ich hatte Doppelglück. Erst gelang mir der Einstieg in der Filiale in Frankfurt, dann die Versetzung nach New York.«

»Glückwunsch, das war ja immer dein Ziel. Dem wollte ich damals nach dem Studium nicht im Wege stehen. Glück haben bedeutet nicht zwangsläufig glücklich sein. Wie steht es damit bei dir?«

»Was kann ich für dich tun?«

»Ich suche Nachkommen der Familie Simon, die 1935 von Hamburg nach Amerika ausgewandert ist. Ich komme hier alleine nicht weiter und erinnerte mich an den pfiffigen Kurt, der auch in schwierigen Fällen immer eine Lösung fand.«

»Die Simons waren vermutlich Juden.«

»Ja, ihnen gehörte eine Privatbank in Hamburg.«

»Hast du noch weitere Infos über sie?«

»Nur, sie verkauften vorher die Villa in der Bellevue 22.«

»Etwa die, wo du mit deinen Eltern wohnst?«

»Ja, mein Opa erwarb sie von jemand, der sie für einen Appel und Ei von Simon kaufte.«

»Wohnst du dort immer noch?«

»Ja. Kurt, hast du eine Idee, wer mir helfen könnte?«

»Wie eilig ist es? Was darf es kosten?«

Wilma schnaubte: »Brandeilig ist es nicht. Kosten sollte es möglichst gar nichts, es sei denn, du hast Auslagen, die erstatte ich dir natürlich. Ich brauche nur Telefonnummer oder E-Mail-Adresse. Nimm bitte keinen Kontakt auf.«

»Also kein offizieller Fall für McBaker. Noch eine persönliche Frage. Wer ist dein aktueller Lover? Kenne ich den Glückspilz?«

»Das sage ich dir nur, wenn du mir verrätst, wen du beglückst.«

Kurt lachte: »Bei dem Arbeitspensum hier reicht

die Freizeit nur für Miss Nobody, aber keine Sorge, sie ist unattraktiv und kann dir nicht das Wasser reichen.«

Wilma prustete: »Was für ein glücklicher Zufall, so heißt mein Verehrer auch. Sind sie etwa verwandt?«

Kurt atmete tief: »Vielen Dank, dass du an mich gedacht hast. Ich hoffe, ich kann dir weiterhelfen.«

Sie tauschten die E-Mail-Adressen aus.

Wilma schwelgte bis zum Einschlafen in Erinnerungen an die verflossene Liebe mit Kurt. Schmerzlich schlussgemacht hatte keiner von ihnen. Sie hatten sich nach seinem Umzug nach Frankfurt aus den Augen verloren. Sonst konnte sie ihm nichts vorwerfen.

29

Ursprünglich wollte Baldur schon am Montag Erwin, den Spezialisten für moderne Kunst bei Jetterer, befragen. Doch die Nachricht, dass Lars, der Abteilungsleiter, für diese Woche ausfalle, löste eine allgemeine Hektik aus. So kurz vor dem Druck des Sommerauktionskatalogs wurde jeder gebraucht. Urlaub oder Krankheit waren tabu.

Heute am Dienstagvormittag setzte sich Baldur mit an Erwins Schreibtisch in dessen Büroglaskasten und zeigte ihm die Fotos auf seinem Smartphone. Erwins geweiteten Augen und offener Mund verrieten seine Verblüffung.

Um die Stille zu brechen, erklärte Baldur: »Die Bilder sind noch nicht gereinigt, aber im erstaunlich guten Zustand. Sie hingen mindestens 84 Jahre kühl und trocken im Dunklen.«

Erwin stotterte: »Wo, wo, wo hast du die her? Das ist eine Sensation! Die Werke, soweit bekannt, galten als verschollen.« Erwin atmete schwer: »Wie, wie bist du an die Fotos gekommen?«

»Sage mir lieber, was die Bilder wert sind.«

»Diese Raritäten würden bei einer Auktion hohe Preise erzielen. Ich schätze im Durchschnitt 100.000 Euro pro Bild. Allerdings weißt du selber, wie unvorhersehbar Auktionen mitunter enden. Wenn mehrere Sammler um ein Bild kämpfen, steigern die sich zum Beispiel für diesen Chagall oder Kokoschka oder Paul Klee auf eine Million.«

»Wären auch Museen interessiert?«

Erwin nickte: »Sind die Werke sicher gelagert?«

Baldur sah Herrn Zander, den Geschäftsführer, mit gerötetem Gesicht den Gang entlang eilen. Als er Baldur erkannte, riss er die Glastür auf und rief Baldur zu: »Ach hier sind Sie. Kommen Sie bitte, wenn Sie hier fertig sind, in mein Büro.« Er raste, ohne Baldurs Antwort abzuwarten, weiter.

Auf dem Weg zum Chefbüro befürchtete Baldur Ärger, dass er mit Erwin trotz der angespannten Lage gequatscht hatte, statt zu rotieren. ›Für Zander sah das vermutlich so aus, als ob ich Erwin Urlaubsfotos gezeigt habe.‹

Zander bot Baldur den Besucherstuhl an seinem Schreibtisch an. Ohne Vorrede fragte er: »Wie gefällt es Ihnen bei Jetterer in Hamburg? Sie sind lange genug dabei, um es zu beurteilen.«

Baldur schwante Ungutes: »Ja ich arbeite fast zehn Jahre hier. Die Aufgabe reizt mich. Das Betriebsklima ist für meinen Geschmack hervorragend. Warum fragen Sie? Gibt es Klagen?«

»Nein, im Gegenteil. Ich will mich nur absichern, um nicht wieder solch eine Pleite wie mit Lars zu erleben. Der hat seinen Karrieresprung bei uns zum Wechsel zu Christie`s genutzt. Er hat Freitag gekündigt. Wir haben ihn sofort freigestellt.«

Vor Erleichterung blies Baldur aufgestaute Luft aus: »Geht er zu Christie`s in Hamburg, unserm schärfsten Konkurrenten?«

Zander nickte: »Und das ausgerechnet jetzt, wo jede Hand gebraucht wird!«

»Na, das schaffen wir auch ohne ihn. An ihm perlte die praktische Arbeit meistens rückstandslos ab.«

Zander schaute ihm direkt in die Augen: »Ich möchte Sie als Nachfolger vorschlagen. Trauen Sie sich das zu?«

Baldurs Puls beschleunigte sich: »Ja.« Seine Hände nässten.

»Dann informiere ich Berlin. Das ist reine Formsache. Bisher akzeptierte die Zentrale immer meine Empfehlungen. Sobald das ok vorliegt, gebe ich das Ausscheiden von Lars und Ihre Ernennung zum Abteilungsleiter ab 1. Juli bekannt.«

Baldur strahlte: »Das wäre ja schon Montag nächste Woche.«

»Eile ist geboten. Die Seite mit den Kontaktpersonen im Katalog muss geändert werden.

Darum kümmere ich mich. Sie dürfen bitte die frohe Botschaft noch nicht verkünden. Machen Sie vorerst so weiter wie bisher. Sie wissen, wie schnell sich Personalien gerüchteweise verbreiten und zu Unruhen führen.«

Baldur nickte: »Sie können sich auf mich verlassen.«

Auf dem Rückweg in sein Büro erkundigte Baldur sich bei Erwin: »Gibt es inzwischen neue Erkenntnisse über den Wert?«

»Nein. Für Genaueres bräuchte ich die Fotos.«

»Sende ich dir gleich auf dein Handy, wenn du mir absolute Diskretion garantierst und nicht damit hausierst.«

»Versprochen, mit großem Ehrenwort.«

Von Zuhause rief Baldur Wilma an: »Unsere Mühen am Samstagnachmittag haben sich gelohnt. Der Kollege schätzt, dass die 10 Bilder auf einer Auktion leicht Summa summarum 1 Million Euro erzielen könnten. Mit Glück sogar für ein einzelnes Gemälde.«

»Das hatte ich nicht erwartet. Erst mal vielen Dank für die Taxierung. Da steht dir ein Finderlohn zu.«

»Dich kennengelernt zu haben, ist mir Lohn genug.«

Seine Beförderung erwähnte Baldur nicht. ›Damit warte ich, bis Berlin zugestimmt hat. Ein Rückzieher wäre mir gar zu peinlich.‹

30

Am nächsten Tag zappelte Baldur vor Ungewissheit über seine berufliche Zukunft. Die Kollegen fieberten dem Redaktionsschluss des Sommerkatalogs um 15 Uhr entgegen. Deshalb bemerkte kaum einer seine Fahrigkeit, oder erklärte sie sich mit dem Termindruck. Der wiederholte sich seit Jahren immer wieder Ende Juni und Oktober. Ein beruhigender Gewöhnungseffekt blieb aus.

Nachmittags lud Geschäftsführer Zander alle via elektronischer Office Mail zu einer kurzen Betriebsversammlung am Donnerstag, den 27. Juni 2019 um 10:00 Uhr, in den großen Konferenzraum ein.

Baldur begegnete Zander im Flur. Dabei wurde ihm mit hochgestrecktem Daumen signalisiert, dass Berlin akzeptiert hatte. Baldurs Herz hüpfte.

Zuhause wollte er sein Glücksgefühl mit jemanden teilen, um es zu verdoppeln. Er rief Wilma an: »Es gibt etwas zu feiern. Deshalb lade ich dich zum Dinner ein. Wenn dir Samstagabend passt, reserviere ich uns einen Tisch ab 20 Uhr im Kleinen Speisesaal. Weißt du, wo das ist?«

»Na klar, gegenüber vom Café Le Parisien, wo wir uns zur Schlüsselübergabe trafen. Gute Wahl! Eng, aber lecker. Du klingst so glücklich. Was feiern wir denn?«

»Das verrate ich dir erst, wenn wir volle Gläser zum Anstoßen haben.«

»Mache es doch nicht so spannend.«

»Das heißt, du kommst. Ich freue mich.«

»Na klar, ich freue mich auch.«

»Soll ich dich abholen, oder kommst du alleine?«

»Ich bin schon groß und kenne den Weg. Lass mich aber bitte nicht zu lange auf dich warten. Sonst umschwirren mich die brünstigen Kerle dort wie Mücken.«

31

Am Samstag traf Baldur so rechtzeitig im Kleinen Speisesaal ein, dass er in dem winzigen noch ziemlich leeren Kellerlokal den reservierten Tisch in der engen Reihe an der Wand gegen einen einzeln stehenden tauschen konnte. So hoffte er auf weniger Mithörer.

Wilma entdeckte Baldur sofort. Er las die Speisekarte und bemerkte sie nicht. Sie setzte sich ihm gegenüber. Er blickte auf und lachte: »Eigentlich ist der Platz reserviert. Aber eine Schönheit wie dich, vertreibe ich nicht.«

Wilma schmunzelte: »Na, da habe ich ja Glück. Das ist nämlich mein Lieblingsplatz, heute sogar mit einem Charmeur vis-à-vis.« Fasziniert starrte sie ihn an. ›Noch nie hatte sein Mund so glücklich gelächelt und seine Augen so gestrahlt!‹

»Wenn das dein Stammplatz ist, was empfiehlst du zu speisen und zu trinken?«

Inzwischen begrüßte der Ober sie: »Schön guten Abend Frau Gühne. Für Sie heute wie immer? Guten Abend der Herr, haben Sie schon gewählt?«

Wilma nickte ihm freundlich zu.

Baldur antwortete: »Weil ich so neugierig bin, nehme ich das Gleiche. Ich hoffe, es gibt auch Rotwein, den bräuchten wir nämlich sofort.«

»Dein Vertrauen in meinen Geschmack ist beachtlich. Womöglich esse ich hier immer gedünsteten Stierhoden mit frittierten Eselsohren.«, lachte Wilma. Da Baldurs Lachen gefror und er sie erschrocken anstarrte, erklärte sie: »Hier genieße ich am liebsten gebratenen Thunfisch auf Gemüse aus dem Wok mit Wasabi-Creme.«

Sobald die gefüllten Gläser vor ihnen standen, drängte Wilma: »Nun verrate mir endlich, was wir feiern.«

Baldur lehnte sich zurück: »Ich bin befördert worden. Ab Montag werde ich Abteilungsleiter für Alte Kunst in der hamburger Filiale.«

Wilma jubelte: »Glückwunsch! Das ist großartig. Das war doch dein sehnlichster Wunsch. Ich freue mich so für dich.«

Sie stießen die Gläser an, sahen sich tief in die Augen und tranken einen Schluck.

Wilma fragte: »Wie kam es zu diesem Glück?«

»Der Vorgänger wechselte zur Konkurrenz. Rathge, der Spökenkieker, hatte recht. Man hat Erfolg, wenn man glücklich ist, nicht umgekehrt, wie viele denken. Glücklich war ich, weil ich dich kennenlernte und du mich zu Rathge brachtest. Er zeigte mir den Weg zum Glücklichwerden mit dem Dank-, glücklich- und gute Tat-Tagebuch. Das funktionierte bei mir trotz meines anfänglichen Zweifels. Deshalb bin ich nicht nur ihm, sondern auch dir dankbar. Bei dir bedanke ich mich jetzt mit dieser Einladung.« Er ergriff ihre Hand und hauchte einen berührungslosen Kuss darauf.

Wilma überschwemmte eine Woge Glückseligkeit und dachte. ›Dabei ahnt Baldur nicht, dass ich ihn auch nur durch Rathge kennengelernt habe.‹

Baldur fuhr fort: »Jetzt, wo ich mit Rathge durch bin, stellt sich die Frage seiner Entlohnung. Rechnungen schickt er ja nicht.«

Wilma grübelte: »Glücklichsein ist unbezahlbar. Er sagte mir, ich solle ihm bar bezahlen, wenn ich zufrieden bin, was es mir wert sei.«

»Genau das sagte er mir auch. Pekuniär gesehen, erwarte ich ein höheres Gehalt. Was davon netto übrig bleibt, weiß ich erst Ende Juli.«

»Wir sollten abwarten, was aus dem Schatz wird.«

Baldur fragte: »Wie willst du vorgehen? Was meint deine Oma?«

»Da das Silberbesteck mit einem Familiennamen graviert ist, bieten wir es zunächst den Simons an. Dafür recherchiert Kurt, ein ehemaliger

Kommilitone, in den USA. Wenn daraus nichts wird, überlässt Oma es mir als Aussteuer.«, kicherte Wilma. »Von den Bildern habe ich ihr nichts erzählt. Vielleicht fordert die Familie sie zurück. Wenn nicht, würde deine Firma, Jetterer, sie verkaufen?«

Baldur nickte: »Gewiss, wenn die Echtheit der Bilder geprüft wurde, und der rechtmäßige Eigentümer feststeht. Unsere Kunden erwarten, keine gestohlene oder gefälschte Kunst zu ersteigern.«

»Muss das immer via Auktion abgewickelt werden?«

»Nein, aber beim Direktverkauf werden meistens niedrigere Preise erzielt. Deshalb bevorzugen viele Verkaufskunden die Versteigerungen.«

»Dafür müssten die Werke aber wochenlang vorher im Katalog und im Internet angepriesen werden. Wenn man das vermeiden möchte, und nicht auf Höchstpreise spekuliert, bietet ihr Objekte auch vorab potenziellen Käufern wie Sammlern und Museen diskret an?«

»Ja, durchaus. Bevorzugst du das in diesem Fall?«

Wilma schnaufte erleichtert und nickte.

Baldur versprach: »Das ist möglich und bei diesen Werken auch aussichtsreich. Wie gesagt, das ist nicht mein Spezialgebiet. Zunächst sollten sie gesäubert im Jetterer Bunker eingelagert werden. Bleibt die Frage, was bezahlen wir Rathge?«

Wilma schloss kurz die Augen: »Wenn wir von einem netto Verkaufserlös von insgesamt 1 Million Euro ausgehen und den auf Oma, Eltern, Rathge, dich und mich zu gleichen Teilen ausschütten, stünden ihm 200.000 Euro zu.«

»Da würde er sich sicher nicht beklagen. Hast du schon Pläne, was du mit deinem Anteil anfangen willst?«

Wilma lächelte: »Ich habe nur meinen Standardplan für unerwarteten Geldsegen.«

Weil Baldur sie fragend anschaute, erklärte sie: »30% für gute Zwecke, 30% als Sicherheitsreserve zurücklegen und 40% ertragreich anlegen. Von den Dividenden würde ich es mir gut gehen lassen.«

»Hast du Geschwister?«

»Nein. Bist du auch ein Einzelkind?«

»Ja. Wo leben deine Eltern?«

»In Barmbek, in der Dreizimmerwohnung, wo ich aufwuchs. Mein Vater war Dachdecker, meine Mutter Hausfrau. Ich war der Erste, der studierte, aber erst nach der Restauratorlehre. Du siehst, ich stamme aus einfachen Verhältnissen. Mit deiner Familie kann ich nicht mithalten.«

»Deine Eltern wohnen immerhin in Hamburg. Habt ihr regelmäßig Kontakt?«

»Regelmäßig besuchen wir uns zu den Geburtstagen und Weihnachten. Was für Hobbys hast du?«

»Früher segelte ich auf der Alster. Dies Jahr leider noch gar nicht.«

Baldur empörte sich scherzhaft: »Schande, bei dem Supersommerwetter. Hast du ein eigenes Boot?«

»Früher segelte ich mit Opas Jolle, ein klassisches Holzboot. Dann überstiegen die Liegegebühr und die Winterquartierkosten die Mieten für moderne Leihboote. Deshalb schaffte mein Vater, der Pfennigfuchser, das Schmuckstück ab. Bei den bunten Plastikbooten vermisse ich den edlen Glanz des polierten Mahagoniboots.«

»Das verstehe ich. Das ist so wie bei den Oldtimerautos.«

»Mit Autos habe ich das nicht so. Die müssen für mich vor allem praktisch sein. Aber ich weiß, was du meinst. Welche Hobbys hast du?«

»Früher spielte ich gerne Tischtennis und Schach. Heute lese ich lieber Romane als TV zu glotzen.«

Nach dem Essen lehnte Wilma den Kaffee ab: »Den würde ich nur trinken, wenn ich jetzt noch

Autofahren müsste. Für den kurzen Fußweg um die Ecke brauchen wir den nicht, aber die Rechnung bitte.«

Beim Lesen der Rechnung bot Wilma an: »Die können wir uns auch teilen.«

»Na, hör mal! Der Einlader zahlt gefälligst alleine! In deinem Fall sogar gerne.«

»Danke. Wir kennen uns noch nicht lange. Aber es gibt Kerle, die beanspruchen dadurch einen Platz bei mir im Bett.«

»Darf ich dich trotzdem nach Hause begleiten?«

»Ich bitte darum.«

Bei dem gemeinsamen Spaziergang ergriff Wilma seine Hand und gab sie erst frei, um den Schlüssel aus der Handtasche zu fischen. »Kommst du für einen Kaffee mit rein?«

»Liebend gerne, aber unterstelle mir bitte keine Beischlafansprüche.«

Lachend betraten sie die Porträtsdiele. Wilma schien, dass Frau von Untiedt freundlich lächelte. Wenn ihr Gatte wohlwollend gezwinkert hätte, wäre Wilma nicht überrascht gewesen.

Beim Kaffee rutschten sie auf dem Sofa auf Tuchfühlung. Wilma genoss Baldurs Umarmung

und zarte Küsse. Schließlich zog sie ihn ins Schlaf-
zimmer und er sie aus. Wilma erkannte an seinem
Blick, wie gut sie ihm gefiel.

Danach schlug er vor: »Für heute sollten wir es
gut sein lassen. Wir werden alleine wohlig schlafen
und morgen getrennt aber glücklich frühstücken.
Ich werde gewiss süß von dir träumen und beim
Aufwachen über die Fortsetzung unseres Glücks
grübeln.«

32

Fortan trafen sich die Verliebten mindestens jedes Wochenende bei ihr oder ihm. Manchmal bekochten sie sich gegenseitig. Wenn Wilma in der Küche zauberte, reinigte Baldur die entartete Kunst. Auch dadurch gefiel Wilma keines der gesäuberten Gemälde, um es in ihrer Wohnung aufzuhängen. Vorerst lehnten sie an den Wänden in ihrem Kellerbüro.

Das störte Baldur: »Sie auf den Boden zu stellen, ist nicht nur unwürdig, sondern unsicher. Bei Jetterer im dunklen, klimatisierten Bunker wären sie besser untergebracht.«

»Bis über die Zukunft entschieden ist, stören sie hier kaum.«

Baldur drängte bei jeder Gelegenheit, bis Wilma aufgab. Im Stillen fragte sie sich, ob es ihm tatsächlich um die Sicherheit ging, oder ob er nur das Geschäft für Jetterer sichern wollte. Sie vereinbarten, dass die Bilder ab 1. August auf Jetterers Kosten fachgerecht abgeholt, gelagert und versichert wurden.

Am Mittwoch, den 24. Juli, rief Kurt endlich Wilma an: »Hey Wilma, es hat zwar einen Monat gedauert, aber jetzt bin ich sicher, die richtigen Simon gefunden zu haben. Du glaubst nicht, wie viele von ihnen in den USA mit deutschen Wurzeln leben. Bei Noa Simon passt alles zusammen. Sie ist 63 Jahre alt. Ihr Vater war 10, als seine Eltern mit ihm 1935 aus Hamburg vor den Nazis flohen.«

»Hattest du Kontakt mit ihr?«

»Nein, wunschgemäß habe ich nicht mit ihr gesprochen. Sie soll übrigens deutsch sprechen. Hier ihre Telefonnummer und E-Mail.«

Wilma notierte und wiederholte die Kontaktdaten: »Vielen Dank, Kurt. Du bist der Größte. Was schulde ich dir?«

»Nichts außer, dass du mich in bester Erinnerung behältst.«

Am nächsten Tag rief Wilma bei Noa Simon an. Sie meldete sich sofort. Das war jedoch das Einzige, was dabei schnell ging. Wilma prüfte zunächst, ob es sich um die richtige Simon handelte. Leider missverstand Noa ihre Fragen nach der Familiengeschichte und reagierte abweisend. Sie fragte immer wieder, für welche Zeitung oder TV-Sendeanstalt sie arbeite. Sie hielt Wilma offenbar für eine neugierige Journalistin. Mehrfach betonte Noa ungefragt, dass sie nicht wisse, wo sich ihr Sohn David aufhalte.

Schließlich erfuhr Wilma, dass Noas Großvater mit seiner Familie aus Hamburg vor den Nazis geflohen war. Beide, Großvater und Vater, waren bereits gestorben.

Nun sprach Wilma das gravierte Silberbesteck an. Noa unterbrach Wilma mit dem Hinweis, dass sie kein Besteck brauche und am Telefon grundsätzlich nichts kaufe.

Endlich verstand Noa, worum es Wilma ging, und versprach, David zu bitten, es sich anzusehen. Er kümmere sich um alles in Übersee. Das könne indes dauern, weil sich ihr Sohn David nur selten melde. Wilma diktierte ihr die hamburger Adresse. Die Bilder erwähnte sie nicht, um weitere Missverständnisse zu vermeiden.

34

Am 29. Juli erhielt Baldur die Juli-Gehalts-
abrechnung. Von der üppigen Bruttoerhöhung für
seine Beförderung blieb netto wenig übrig. Das
kannte er schon. Bei kleineren Steigerungen war er
froh gewesen, wenn netto überhaupt mehr als vorher überwiesen wurde. Seine Dankbarkeit für
Rathges Hilfe schmälerte das nicht. Ursprünglich
wollte Baldur ihm das Nettoplus für drei Monate
bezahlen. Angesichts der erwarteten Verkaufs-
erlöse der Bilder erschien ihm das gar zu knau-
serig.

Er rief ihn deshalb an: »Moin Herr Rathge, es
hat funktioniert! Das Tagebuch bescherte mir
Glück in der Liebe. Dadurch stellte sich, wie Sie
ankündigten, beruflicher Erfolg ein. Das Karma
der Villa haben Sie erfolgreich geheilt. Wilma und
ich haben durch Ihre Hilfe den verborgenen Schatz
gefunden. Sobald der verkauft ist, werden wir Sie
angemessen entlohnen. Leider kann das einige
Monate dauern. Für heute zunächst nur ein herz-
liches Dankeschön für Ihre Bemühungen. Sie
haben uns zum Glück verholfen.«

Rathge flüsterte wie immer: »Das freut mich zu
hören. Dann hat Frau Gühne bei Ihnen ihr erhofftes

Glück gefunden. Pflegen Sie es und behandeln Sie es gut, damit es lange währt.«

»Genau das ist meine Sorge. Frau Gühne und ich stammen aus unterschiedlichen Gesellschaftsschichten. Man sagt, dass das meistens scheitere.«

»Haben sie beide darüber schon gesprochen?«

»Nein. Sollte ich?«

Rathge überlegte einen Augenblick: »Sie sollten das ohne Anlass nicht zum Thema machen. Mir gegenüber kehrten Gühne nie irgendeinen Standesdünkel heraus. Ein theoretisches Problem tritt in der Praxis nicht immer auf. Wichtiger scheint mir, Ihre ehrliche Liebe, Achtung und Respekt vor Wilmas Freiheit.«

»Was sollte ich praktisch dafür tun?«

»Nichts von ihr verlangen und fordern, oder vor ihr verbergen und verheimlichen, sondern sie in Ihr Leben einbeziehen und dankbar bleiben.«

Baldur lachte: »Ich habe Wilma unlängst angeboten, mich auf eine Geschäftsreise nach Zürich zu begleiten. Sie stimmte begeistert zu und will mich ihren Eltern in Lugano vorstellen. Deshalb auch meine Sorge, von ihnen als nicht standesgemäß abgelehnt zu werden.«

»Dann hätte Frau Gühne das wahrscheinlich nicht vorgeschlagen. Bleiben Sie so natürlich, wie Sie sind, und vor allem dankbar. Wann werden Sie in die Schweiz reisen?«

»Hinflug am Mittwoch, den 18. September, Rückflug am Sonntag, den 22. September.«

»Ich wünsche Ihnen beiden eine gute Reise. Genießen Sie Ihr Glück und bleiben Sie dankbar.«

35

Am Montag, den 12. August, fast drei Wochen nach Wilmas Anruf bei Noa Simon erhielt sie diese E-Mail:

Sehr geehrte Frau Wilma Gühne,
Bezug nehmend auf das Gespräch zwischen Ihnen und Mrs. Noa Simon, schlägt Mr. David Simon, CEO der Simon International Corp., folgenden Besuchstermin bei Ihnen in Hamburg vor:
Donnerstag 15. August 2019 um 17:30
Bitte bestätigen oder nennen Sie einen Ersatztermin.

Mit freundlichen Grüßen
Claudia
Mr. David Simon`s persönliche Assistentin

Wilma stülpte die Lippen und spöttelte. ›Wow, was für ein Einstieg! Der hat es wohl nötig. Termine vereinbart man indes besser telefonisch.‹

Sie bestätigte den Termin per E-Mail.

Am Donnerstag beobachtete Wilma, wie ein schlanker Mann aus einer Taxe stieg. Sein dunkelblauer Anzug schillerte im Sonnenlicht. Mit federnden Schritten überquerte der Anfang Dreißigjährige die Straße. Sekunden später klingelte es. Wilma schaute automatisch auf die Uhr. 17:32. ›Wenn das David Simon ist, zeichnet ihn Pünktlichkeit aus. Das gefällt mir.‹

David mischte deutsch und englisch mit starkem amerikanischen Akzent. Wilma mochte den Klang, ebenso sein freundliches Gesicht mit den wachen Augen. Sein dunkles Haar war perfekt gestutzt und gestriegelt. Sie setzten sich in ihr Büro und tauschten Visitenkarten aus. Dabei sah Wilma seine unberingten, feingliedrigen Finger. Am linken Handgelenk protzte eine Rolexuhr. Er hielt ihre Visitenkarte mit beiden Händen, las sie aufmerksam und rief überrascht: »Oh, du bist Rechtsanwältin und dabei so jung und hübsch. Für mich ist das mit Anwälten wie mit Ärzten, ich hoffe, sie nie zu brauchen, bin aber froh, sie zu kennen.«

Sie lachten und strahlten sich an. David zog eine kleine Schachtel aus der Seitentasche seines Sakkos und reichte sie Wilma: »Vor dem Abflug aus Brüssel, erkundigte ich mich. Mir wurde geraten, einer hamburger Dame unbekannten Alters belgische Schokolade mitzubringen.«

Wilma war entzückt und bot Kaffee an.

Sie tranken synchron einen Schluck.

Wilma legte die vier geputzten Besteckteile auf den Tisch und wies auf die Gravur ›Simon‹ hin.

David schaute sie sich nur kurz an.

Wilma wunderte sich über sein Desinteresse.

»Wegen dieser Teile hast du meine Mutter angerufen?«

»Es handelt sich um ein vollständiges Besteck für 12 Personen. Da alle Teile graviert sind, wollte ich wissen, ob jemand es für die Familie beansprucht. Es ist aus purem Silber. Das läuft allerdings schwarz an. Es muss regelmäßig geputzt werden.«

»Auch das noch!,« stöhnte David. »Es sieht nicht nur altmodisch aus, sondern verursacht auch noch Schmutzarbeit. Die Messer sind wahrscheinlich stumpf. Das will bei uns gewiss keiner haben. Wo hast du es gefunden?«

»Hier im Keller.«

»Und sonst war da nichts?« Davids Augen fixierten sie streng.

Wilma schüttelte den Kopf.

»Zeige mir bitte, wo es versteckt war.«

Wilma zuckte die Schultern, ging nebenan in den Kellerflur und zeigte auf das Regal unter der Kellertreppe: »Früher waren die Borde zugemüllt. Beim Platzschaffen für die Aktenordner wurden die Besteckkästen gefunden.« Im Stillen dankte sie

Baldur für sein Drängen, die Bilder bei Jetterer zu lagern.

Zurück im Büro fragte David: »Wer wohnt hier sonst noch?«

»Ständig außer mir, nur meine Oma und das Hausmeisterehepaar, selten meine Eltern. Welche Geschäfte tätigt die Simon International Corp.?«

»Überseehandel aller Art.«

»Von Brüssel aus?«

»Ja, das ist wegen der dortigen Zentrale der Europäischen Union ganz praktisch. Welche Fälle bearbeitest du für deine Mandanten?«

»Ich bin vorwiegend für die Firma oder die Familie tätig. Womit handelt deine Firma?«

»Alles, was Gewinn verspricht, Rohstoffe, Getreide, Medikamente und so weiter.«

Im Stillen unterstellte Wilma ›Etwa auch Drogen, Waffen und Sklaven.‹ Laut fragte sie: »Was ist mit Finanzen?«

»Die Simon Bank ist nur in den USA tätig. Hast du Urlaubspläne für die nächste Zeit?«

Wilma stutzte über die persönliche Frage und antwortete: »Wer das Glück hat, so zu wohnen und zu arbeiten wie ich, braucht keinen Urlaub. Dieses Jahr werde ich meinen Freund zur International Art Fair in Zürich begleiten. Bei der Gelegenheit besuchen wir meine Eltern in Lugano. Was für Pläne hast du?«

David schnaubte: »Wer ständig so viel reist wie ich, bleibt am liebsten Zuhause.«

»Wo hast du deutsch gelernt?«

David lächelte: »Das ist Familientradition, wir benutzten diese präzise Sprache nur, wenn uns niemand verstehen soll. Als Kind fühlte ich mich dadurch ausgeschlossen und war froh, dass mir endlich als Teenager diese schwierige Sprache gelehrt wurde. Dein Englisch ist viel perfekter als mein Deutsch.«

Wilma nickte: »Wie verbleiben wir mit dem altmodischen Besteck?«

David fotografierte die Teile mit seinem Smartphone: »Ich werde meiner Mutter davon berichten und dir ihre Entscheidung e-mailen.«

David ließ sich von einer Taxe abholen. ›Was für ein toller Hecht!‹, schwärmte Wilma. ›Am Wochenende werde ich mich bei Kurt nach ihm erkundigen.‹

36

Schon am Montagnachmittag rief Kurt aus New York zurück: »Hallo Wilma diesmal ging es schnell und einfach, Näheres über David Simon herauszubekommen. Obendrein scheint Eile geboten. Er soll Kunden der Simon-Bank betrogen haben. Um sich der Verhaftung zu entziehen, hat er die USA verlassen. Da die Bank die Kunden entschädigt hat, wurde kein internationaler Haftbefehl ausgestellt. Zurück in die USA sollte er besser nicht kommen. Wenn du ihn als Mandant in Erwägung ziehst, bestehe auf sauberer Vorkasse. Von amouröser Beziehung mit ihm rate ich ab. Damit gedulde dich bitte sowieso, bis ich nach Hamburg zurückkomme.«

Wilma lachte: »Du Spinner. Aber vielen Dank.«

›Was für ein Blender!‹ dachte Wilma. ›Die E-Mail und die Rolexuhr hätten mich warnen müssen. Ich bin gespannt, wie es mit dem Hallodri weitergeht.‹

Schon drei Tage später wusste Wilma es. Sie empfing folgende E-Mail:

Sehr geehrte Frau Wilma Gühne,
Bezug nehmend auf das Gespräch zwischen Ihnen und Mr. David Simon, CEO der Simon International Corp., in Hamburg am Donnerstag, den 15. August 2019, bittet er Sie, das zwölf Personensilberbesteck an die Simon International Corp. in Brüssel zu schicken.

Bitte e-mailen Sie uns das Versanddatum.

Mit freundlichen Grüßen
Claudia
Mr. David Simon`s persönliche Assistentin

Wilma bezweifelte, dass David von seiner Mutter Noa gebeten wurde, das Besteck nach Brüssel schicken zu lassen. Sie verzichtete darauf, bei Noa nachzufragen, und beschloss gar nichts zu unternehmen. ›Wenn der Betrüger es tatsächlich haben will, wird er sich bei mir melden.‹

Eine Woche vor der Reise nach Zürich fuhr Wilma wie jeden Donnerstag zum Einkaufen. Obwohl sie feste Termine als freiheitseinschränkend empfand, bevorzugte sie donnerstags wegen des Goldbekmarktes. Der fand zwar auch am Samstag statt, dann war er ihr aber zu überlaufen. Dutzende regionale Bauern, Bäcker, Schlachter und Händler boten frisches Gemüse und Obst, unverpackte Fleisch- und Wurstwaren und ungefrorenen Fisch an. Bei der Gelegenheit bevorratete sie auch für Oma die Standardprodukte aus den Supermärkten. Zum Ausgleich kochte Oma für sie beide, meistens den frischen Fisch vom Markt.

Beim gemeinsamen Mittagessen erzählte Oma: »Vorhin habe ich mich erschrocken. Du warst kaum eine Stunde unterwegs, da hörte ich das Garagentor rumpeln. Erst dachte ich, ich hätte die Zeit vertrödelt und müsste rasch kochen. Zum Glück schaute ich auf die Uhr und sah, dass ich noch bannich Tiet hatte. Hattest du etwas vergessen?«

»Ich war das nicht, vielleicht Pietro oder Maria.«

»Nein, die habe ich schon gefragt.«

Wilma beruhigte sie: »Dann wirst du dich getäuscht haben.«

Oma widersprach: »Habe ich nicht! Du hältst mich wohl für tüttelig! Dann muss es der Klabautermann gewesen sein. Ich werde Rathge anrufen.«

Der Spökenkieker, Rathge, versprach, nächsten Tag zu kommen.

Am nächsten Vormittag klingelte Rathge unge-
wohnterweise nicht bei Wilma, sondern bei ihrer
Oma. Sie empfing ihn im beigen Kostüm mit
weißer Bluse und bot ihm den Platz auf dem Sofa
mit der besten Aussicht an. Kaffee lehnte er dan-
kend ab. Sie schilderte ihm das ungeklärte Öffnen
des Garagentors.

Rathge strich sich das Kinn: »Wenn wir Berech-
tigte ausschließen, hat ein Unberechtigter das Tor
geöffnet. Diese Fernbedienungen senden ein Funk-
signal zum Empfänger, der den Motor einschaltet,
um das Tor zu öffnen. Dieses Signal kann von Spe-
zialgeräten abgefangen und gespeichert werden,
um es auf eine andere Fernbedienung zu kopieren.
Damit verschaffen sich Spitzbuben unerlaubten
Zutritt.«

»Die Bequemlichkeit hat also einen Pferdefuß.«

Rathge nickte.

Oma jammerte: »Wie können wir uns schützen?«

»Man könnte den Signalcode ändern. Das hilft
aber nur von 12 bis Mittag, oder bis das neue
Signal kopiert wird. Sicherer aber unbequemer
wäre, den Öffner abzuschalten.«

»Das muss ich mit Wilma besprechen. Sie meinen, dass nichts Spökisches im Spiel ist, sondern ein Einbrecher probiert hat, bequem hereinzukommen.«

Rathge saß in sich versunken mit geschlossenen Augen da. Endlich schaute er auf und sprach mit leiser Stimme: »Der Klabautermann wird kommen. Dagegen ist kein Kraut gewachsen. Sie und das Hausmeisterehepaar sollten deshalb sicherheitshalber nächste Woche von Mittwoch bis Sonntag nicht hier sein.«

Oma sträubte sich: »Ausgerechnet diese Tage verreist Wilma mit ihrem Verehrer. Dann wäre das ganze Haus menschenleer. Das wäre wie eine Einladung. Das geht gar nicht! Haben Sie denn keinen Schutzzauber?«

»Beides können Sterbliche nicht. Wenn man das Gesicht für Unbill hat, vermag man es nicht abzuwenden, ich kann nur warnen. Deshalb rate ich Ihnen dringend, verlassen Sie nächste Woche das Haus.«

»Ich lasse mich nicht Bange machen.«

Rathge erhob sich: »Mehr kann ich leider nicht für Sie tun.«

Das war reichlich untertrieben, doch was er vorhatte, verschwieg er ihr.

Beim Abschied bat Oma: »Informieren Sie bitte nicht Wilma. Das würde ihr nur die Reise, auf die sie sich so freut, vermiesen.«

40

Am Mittwoch lauerte Wilma am Fenster auf die Taxe zum Flughafen. In der Diele wartete ihre Rollkoffer, bewacht von den Porträts. Auf Omas Drängen hatte Wilma sämtliche Innentüren abgeschlossen. Ihre Ängstlichkeit hatte sie überrascht. Das minderte Wilmas Reisefieber nicht. Sie war neugierig auf die Kunstmesse in Zürich und freute sich auf den Besuch bei ihren Eltern. Aber vor allem war sie auf Baldur gespannt. Erstmals fünf Tage am Stück nur mit ihm verbringen, bislang höchstens einen halben Samstag und halben Sonntag. Das war ihr oft mit anderen schon zu lang. ›Aber Baldur schränkt mich nicht ein, sondern bereichert mich. Hoffentlich empfindet Baldur das ebenso.‹

Die Anreise verlief störungsfrei. Das ewige Schlangestehen gehörte heutzutage auf Flugplätzen dazu, wie die entwürdigenden Sicherheitskontrollen. Der Charme des Hotels lag in der fußläufigen Entfernung zur Ausstellung.

Am Donnerstag auf der Messe gingen sie getrennte Wege. Wilma schaute sich die Exponate an, die ihr gefielen. Baldur knüpfte oder pflegte geschäftliche Kontakte. Zum Abendessen trafen sie sich matt im Hotel.

Am Freitag setzte Baldur seine Messetour fort. Wilma bevorzugte eine ausführliche Stadtrundfahrt in Zürich. Beim gemeinsamen Dinner tauschten sie ihre Eindrücke aus. Beide waren begeistert. Zurück im Hotelzimmer erbat Baldur Verhaltensempfehlungen für den Besuch bei Wilmas Eltern.

Wilma widersprach: »Da gibt es nicht viel. Das erzähle ich dir morgen auf der Fahrt nach Lugano. Jetzt gibt es etwas viel Wichtigeres.« Dabei zwinkerte sie ihm verführerisch zu.

41

In der Nacht als Wilma in Baldurs Armen selig schlief, rumpelte das Garagentor in Hamburg hoch und riss Oma aus dem Schlaf. Sie zog die Bettdecke über den Kopf, atmete flach und lauschte. Ein unbekanntes Motorengeräusch näherte sich leise und langsam. Oma vermutete es auf der Auffahrt. Stille lastete. Ohrenrauschen belastete. Sie hörte Schritte, indes so weit entfernt, dass Oma sie im Keller wähnte. Dann schallte ein lautes Schaben mit Quietschen durch das Haus. Das wiederholte sich mit kurzen Pausen mehrmals. Oma zitterte und hielt die Luft an. Sie beruhigte sich: ›Keine Bange, ich habe alle Türen abgeschlossen.‹ Ihr Zittern ebbte nur langsam ab. Stattdessen atmete sie hechelnd. Kaum hatte sich das normalisiert, schellte ihr Telefon auf dem Nachttischchen neben ihr. Nie zuvor hatte es so gelärmt! Oma zuckte wie durch einen Stromschlag zusammen. Dennoch wagte sie sich unter der Decke hervor, um den Hörer zu greifen und vor allem den Lärm zu bändigen.

Es meldete sich Pietro mit bebendem Flüstern: »Es sind Einbrecher im Keller. Ich habe die Polizei angerufen. Schließen Sie vorsichtshalber Ihre

Schlafzimmertür ab. Ich melde mich, wenn die drei abgehauen sind.«

Es verging eine gefühlte Ewigkeit ohne Geräusche. Dann knarrten die Stufen der hölzernen Kellertreppe. ›Jetzt kommen die Gangster nach oben.‹ Oma kroch wieder unter die Bettdecke, legte sich möglichst flach und presste die klappernden Zähne aufeinander, um sich nicht zu verraten und besser zu lauschen. Leise undefinierbare Töne klangen aus Wilmas Wohnung. Dann knarzte die Kellertreppe. Das Wiederholte sich. Oma war überzeugt, dass die Räuber etwas wegtrugen.

Endlich jaulte der Anlasser eines Motors. Ein Fahrzeug schien wegzufahren. Das Geräusch verklang nach kürzester Zeit. Es blieb eine Stille, der Oma misstraute. Erst das Telefonschellen erlöste sie. Pietro meldete: »Die Kerle sind weg. Die Polizei ist noch nicht da. Ich schaue mal, was sie mitgenommen haben.«

»Danke Pietro. Ich komme runter.«

Gemeinsam mit Maria, alle in Morgenmänteln über Pyjamas, stellten sie fest, dass das Regal unter der Kellertreppe herausgezogen war.

Pietro scherzte: »Na, mit Regalschieben haben wir Übung. Das können wir gut.«

Oma riet: »Wir fassen besser nichts an, bis die Kripo hier war.«

Pietro ereiferte sich: »Wo bleiben die bloß?«

Sie stiegen die Kellertreppe hoch. Wilmas Diele war kahl und fahl. Die beiden Porträtgemälde fehlten.

Oma zückte ihr Handy: »Ich rufe jetzt die Polizeiwache an.«

Kurz darauf haspelte sie los: »Wo bleiben Sie denn? Bei mir wurde eingebrochen und etwas gestohlen. Vor einer halben Stunde informierte Sie mein Hausmeister ...«

»Ich heiße Gühne und wohne in Bellevue 22.«

»Ach, Sie haben bereits drei Verdächtige geschnappt. Haben Sie auch die Beute?«

»Bis wann müssen wir aufbleiben, um Ihren Hauptkommissar Hartmann zu empfangen, oder sucht er vorher das Diebesgut, das er nicht kennt?«

»Na gut, wir warten auf Herrn Hartmann. Er sollte sich beeilen, wir sind rechtschaffen müde und brauchen unseren Schlaf um diese Zeit.«

Hauptkommissar Hartmann berichtete, dass ein zuverlässiger Informant vor dem Einbruch gewarnt hatte. Die zuständige Sondereinheit lag seit Mittwochnacht auf der Lauer. Dadurch wurden drei Rumänen vorläufig festgenommen. Die gestohlenen Gemälde hatten sie jedoch nicht bei sich.

Oma beschrieb die Abmessungen, Pietro das Gewicht.

Hartmann mutmaßte: »Dann liegen die Bilder in einem Transporter, der hier noch geparkt ist.«

Telefonisch befahl er, die Straßensperre bei der Einfahrt von Bellevue zur Sierichstraße bestehen zu lassen und die Ladung jedes Lieferwagens zu kontrollieren, insbesondere auf große Ölgemälde.

Die Spurensicherung sammelte Proben vom Regal und Treppengeländer.

Nächsten Morgen informierte Oma Herrn Rathge. Er versprach, sofort zu kommen.

42

Am Samstagvormittag lenkte Baldur einen Miet-
wagen. Wilma spielte die Navigatorin für die Tour
von Zürich nach Lugano zu ihren Eltern. Sobald
sie auf der Autobahn brausten, erfragte Baldur Verhaltensempfehlungen für ihren Vater. Er hielt
Töchterväter für problematischer als Töchter-
mütter.

Wilma lächelte: »Mein Vater ist cool. Frage ihn
nur bloß nichts zur Firma Gühne.«

»Warum das denn nicht? Das hätte ich bei ihm
als Erstes angeschnitten.«

»Er ist seit über zehn Jahren im Aufsichtsrat.
Wenn er auf die Firma angesprochen wird, ver-
dreht er die Augen und verweist auf Wikipedia und
Geschäftsberichte. Es ist einfach nicht sein Thema,
auch mir gegenüber. Vermutlich war er durch
seinen Vater, meinen Opa, in die Geschäftsleitung
gedrängt worden. Familientradition verpflichtet.
Deshalb hatte er die Personengesellschaft schleu-
nigst in eine Kapitalgesellschaft umgewandelt. In
einer Aktiengesellschaft kann leichter ein Dritter in
den Vorstand berufen werden. Sobald mein Opa
gestorben war, übernahm mein Vater seinen Posten
als Aufsichtsratvorsitzender. Sofort suchte er einen
externen Vorstandsvorsitzenden, um die Geschäfts-

führung zu verlassen. Danach sind meine Eltern ausgewandert. Das hatte er sich vermutlich zu Opas Lebzeiten nicht getraut. Wahrscheinlich hatte er deshalb auch nie Druck auf mich ausgeübt, in die Firma einzutreten. Sonst hätte ich bestimmt Betriebswirtschaft statt Jura studieren müssen. Nun leitet er die vierteljährlichen Aufsichtsratssitzungen.«

»Warum haben sie Deutschland verlassen?«

Wilma schnaubte: »Sie fürchteten Missgunst und Neid. In Deutschland mit 50 Jahren nicht zu arbeiten aber im Wohlstand zu leben, gilt als unanständig und ist fast verboten. Dort, wo sie sich niedergelassen haben, sind sie unter ihresgleichen.«

»Ach, ich dachte, das hätte steuerliche Gründe.«

»Das wird oft überschätzt und sollte nie der alleinige Grund für die Wahl des Wohnsitzes sein. Steuergesetze werden zu oft von heut auf morgen geändert. Bestandsgarantien gibt es nicht.«

»Welche Themen liegen deinem Vater denn mehr?«

»Musik, besonders Rolling Stones und Filme, besonders von Stanley Kubrick.«

»Oh, wie alt ist er?«

Wilma überlegte kurz: »Im Herbst wird er sechzig.«

»Das heißt, ihn interessiert zeitgenössische Kultur. Und was ist mit deiner Mutter?«

»Sie teilen diese Leidenschaften. Außerdem verschlingt sie Romane.«

»Jetzt freue ich mich noch mehr, deine Eltern kennenzulernen.«

43

Nach Omas Anruf bei Herrn Rathge am Samstagmorgen verabredete er sich mit Herrn Hartmann. Diesmal trafen sie sich bei Bäcker Kamps im Bahnhof Altona. Hier musste er sowieso umsteigen. Da er es ablehnte, in das Polizeipräsidium zu gehen, einigten sie sich für Besprechungen auf wechselnde, günstig gelegene Kamps Filialen mit Stehtischen und alkoholfreiem Ausschank. Wie immer ließ sich Rathge gerne auf einen Becher Kakao einladen.

Heute berichtete Hartmann: »Durch Ihren Hinweis konnten wir vergangene Nacht drei Rumänen vorläufig verhaften. Mittwoch und Donnerstag lagen wir vergeblich auf der Lauer.«

»Genauer ahnte ich es nicht. Mit der Zukunft ist das nicht so leicht.«

»Ich beklage mich nicht und bin Ihnen dankbar. Leider sind die beiden großen Ölgemälde, verschwunden. Frau Gühne hatte einen Motor gehört. Die Rumänen waren bei Ergreifung zu Fuß unterwegs.«

»Dann parkt der Transporter vermutlich noch in der Bellevue.«

»Deshalb kontrollieren wir die Ladungen der Fahrzeuge, die die Straße verlassen.« Hartmann trank einen Schluck Kaffee, lehnte sich zurück und sagte: »Das erinnert mich an den Entführungsfall, bei dem Sie uns den entscheidenden Hinweis lieferten, um den Promi zu retten. Könnten Sie bitte diesmal auch etwas ahnen?«

Rathge nickte: »Vergessen Sie bitte nicht, dass Sie mir Ihr Ehrenwort gaben, nie meine Rolle dabei zu verraten. Wenn Sie mir das wieder garantieren, prüfe ich die abgestellten Fahrzeuge. Ich rufe Sie in jedem Fall an. Warum glauben Sie, dass die Verhafteten etwas mit dem Diebstahl zu tun haben?«

»Auf dem Handy eines der Verdächtigen sind zwölf Fotos gespeichert, zehn schwarz-weiße in miserabler Qualität alter Gemälde moderner Kunst und zwei neue Farbfotos von historischen Porträts. Diese erkannte Frau Gühne als die entwendeten. Die Fotos der alten Bilder wurden vor einer Woche empfangen. Die beiden Neuen wurden letzte Nacht gesendet.«

»Von und an wen?«

»Von und an Claudia. Unsere Spezialisten werden hoffentlich bald herausfinden, wer das ist.«

»Inzwischen suche ich die Porträts.« Rathge

trank aus, stand auf und tippte sich zum Gruß an eine nicht vorhandene Mütze.

44

Oma wartete seit dem Frühstück auf Rathge und schmollte. ›Er versprach mir, sofort zu kommen. Sofort ist längst vorbei.‹ Sie hatte ihn auch telefonisch nicht erreicht.

Endlich rief er an: »Moin Frau Gühne, ich bin unterwegs zu Ihnen. Leider wurde ich aufgehalten. Sind nur die beiden großen Porträts gestohlen worden?«

»Ja. Hätten wir sie bloß oben hängen lassen. Aber Sie wollten sie ja partout in den 1. Stock bummeln. Was wird jetzt aus dem Haussegen und Wilmas Glück?«

»Wenn wir Glück haben, kommt alles bald wieder ins Lot.«

Oma musste sich eine weitere Stunde gedulden. Dann hörte sie einen Motor, der wie letzte Nacht klang. Sie schlich zum Treppenhausfenster und sah, wie ein dunkelgrauer, fensterloser Transporter rückwärts auf die Auffahrt rangierte. Das Garagentor rumpelte hoch. ›Kommen die Gangster jetzt schon samstags bei Tageslicht zu mir?‹

Der Fahrer stieg aus und öffnete die Hecktüren. Oma hastete zum Telefon, um die Polizei anzurufen.

Mit dem Schnurlosen am Ohr wartete sie am Fenster, bis sich die Polizeiwache meldete. Zwei Männer eilten herbei und verschwanden im Laderaum. Oma erkannte Hauptkommissar Hartmann und Spökenkieker Rathge. Oma unterbrach ihren Anruf. Die Männer hoben etwas in einer Decke Verhülltes aus dem Transporter und schleppten es ins Haus. Oma seufzte und begab sich nach unten.

Inzwischen hing das Frauenporträt. Das zweite Gemälde folgte. Die Schlepper keuchten. Oma suchte nach Schäden. Zum Glück fand sie keine. Der Porträtierte schaute sie streng an. Oma hätte sich nicht gewundert, wenn er missbilligend den Kopf geschüttelt hätte. Seine Gattin schien, dankbar zu lächeln.

Oma bot den Rettern einen Tee an. Herr Hartmann lehnte ab und verabschiedete sich.

Beim Tee berichtete Rathge, dass er in der Bellevue bei diesem Transporter das Klagen des Ehepaars von Untiedt deutlich gespürt hatte. Er meldete Hartmann das Kennzeichen. Der stellte fest, dass der Wagen gestohlen worden war. Er informierte den Eigentümer. Beide kamen rasch.

Im Laderaum fanden sie nicht nur die Gemälde, sondern auch die getürkte Fernbedienung für das Garagentor. Mit dieser Technik war vermutlich ebenso das Fahrzeug geknackt worden.

Oma wunderte sich: »Ich hätte nicht erwartet, dass Rumänen technisch so ausgerüstet sind.«

Rathge nickte: »Ich auch nicht. Deshalb glaube ich, dass ein weiterer Räuber im Spiel war. Das soll die Polizei ermitteln. Mir war es wichtig, dass Ihnen nichts passiert und die Bilder wieder hängen. Damit ist der Haussegen gerettet.« Er erhob und verabschiedete sich.

Oma trank alleine die zweite Tasse Tee und grübelte. ›Was für ein grandioser Kerl der Rathge doch ist!‹

Das erinnerte sie an ihren Verdacht, dass der Großmeister des Glücks und ihr Sohn vertauscht worden waren. ›Sie kamen in derselben Nacht im Altonaer Krankenhaus zur Welt. Viele Eigenarten sprachen dafür. Meinem Sohn fehlte der umtriebige Unternehmergeist seines Vaters, für den die Firma stets das Wichtigste gewesen war. Sobald sein Vater nicht mehr sein Veto einlegen konnte, war er ausgestiegen. Sohnemanns Interesse für Musik und Film teilte keiner seiner Vorfahren. Die hatten sich nie außerhalb Hamburgs niedergelassen. Für Rathges übersinnlichen Kräfte gab es in der Familiengeschichte keine Parallelen, aber das wurde traditionell meistens verheimlicht, so wie von dem Spökenkieker auch heute noch. Wenn überhaupt, dann übertrug sich die Gabe auf ihn schon eher von mir, nur viel ausgeprägter.‹

Nie hatte Oma mit jemand darüber gesprochen. Sie seufzte. ›Rathge hätte mir gewiss geantwortet. Glücklich ist nur der, der vergisst, was nicht mehr zu ändern ist.‹

45

Wilma lotste Baldur über die perfekten schweizer Autobahnen nach Lugano. Der Himmel, anfangs bleich, steigerte sich zum wolkenlosen Blau. Der Luganersee begrüßte sie mit intensivem Tintenblau. Sie erreichten das Hotel Felicità gegen 12 Uhr. Für den 21. September hatte Wilma kurzfristig ein Doppelzimmer mit Seeblick reservieren können. Im Hochsommer wäre das unmöglich gewesen. Jetzt freute sich das Personal über die raren Gäste. Wilma bevorzugte dieses Hotel, eine alte Villa mit bester Küche, nicht nur, weil es vergleichsweise günstig war, sondern besonders, weil es fußläufig zum Apartment ihrer Eltern lag. Sie hätten auch bei ihnen im Gästezimmer übernachten können. Doch das lehnten sie für unbekannte Kerle ab.

Nach einem leichten Lunch gönnten sie sich einen Mittagsschlaf. Erfrischt und gestärkt zogen sie sich für den Besuch um. Wilma nutzte die Gelegenheit, ihr neues Sommerkleidchen dieses Jahr wahrscheinlich zum letzten Mal einzusetzen.

Baldur fragte: »Was sollte ich anziehen? Freizeitkleidung wäre mir bei der Wärme am liebsten.«

Wilma erklärte: »Für den ersten Eindruck und falls wir zum Dinner in ein Restaurant eingeladen werden, wäre dein dunkelblauer Messeanzug zu empfehlen.«

Baldur akzeptierte. Länger hatten sie diskutiert, was er ihrer Mutter mitbringen sollte. Blumen und Süßigkeiten wurden abgelehnt. Sie einigten sich auf die Imagebroschüre seiner Firma mit vielen Fotos versteigerter Gemälde.

Sie wanderten Hand in Hand zur Promenade hinunter und schlenderten am Ufer entlang. Rechts dümpelten Segelboote an Holzstegen. Links reihte sich ein prächtiges Apartmenthaus neben das andere, alle mit großzügigen Balkonterrassen. Eines dieser Gebäude betraten sie. Am Eingang in einer Glaskabine saß ein Wächter im dunklen Anzug und fragte auf italienisch, wer sie seien und zu wem sie wollen.

Wilma antwortete: »Gühne.«

Er telefonierte kurz und zeigte zum Fahrstuhl. Die Tür glitt auf. Oben empfing sie ein weißhaariger Mann im legeren Leinenanzug.

Wilma juchzte und umarmte ihn: »Moin Papa, das ist Baldur.«

Die Männer begrüßten sich mit Handschlag. Gemeinsam durchschritten sie den Flur und das

Wohnzimmer und traten hinaus auf den Balkon. Der Blick auf den blauen See, umgeben von grünen Bergen, fesselte die Gäste. Im Schatten einer Markise stand eine für vier Personen gedeckte Kaffeetafel. Eine Frau mit schulterlangen, grauen Haaren im taillierten Sommerkleid gesellte sich zu ihnen.

Wilma herzte ihre Mama und stellte Baldur vor.

Mama schaute ihm lächelnd über die Gebühr ausdauernd in die Augen.

Er überreichte ihr die Jetterer Broschüre: »Entschuldigen Sie das bescheidene Mitbringsel, aber Wilma versicherte mir, dass es Ihnen gefallen werde.«

Bei Kaffee und Kuchen wandte sich Mama an Baldur: »Sie sind Kunsthändler bei Jetterer für alte Gemälde. Das stelle ich mir faszinierend vor. Oder ist es bald ernüchternd, wie mir das eine befreundete Buchhändlerin gestand. Man reiche den Kunden vorwiegend Schund und saisonale Bestseller, die das Papier nicht wert sind, über die Theke. Wie ist das bei Ihnen, viel Ramsch und Kitsch, selten Kunstschätze?«

Wilma schaute erschrocken Papa an. Sie beide kannten Mamas direkte Art.

Baldur grinste: »Minderwertige Gemälde überstehen selten mehr als 200 Jahre. Was Schund und Kitsch ist, unterliegt der individuellen Beurteilung, die sich im Laufe der Generationen verändert. Was mal vor 250 Jahren als höchste Kunst galt, wird heute vielleicht als geschmacklos verdammt und in 100 Jahren heiß begehrt. Wer ist berufen, dass objektiv zu bewerten?«

»Mir geht es nicht um die objektive Einschätzung der Werke, sondern um Ihre Emotionen beim Umgang mit ihnen. Als begeisterte Leserin beneidete ich die erwähnte Buchhändlerin, den ganzen Tag mit Büchern zu tun zu haben. Bis sie mich eines Bessern belehrte.«

»Ich gebe zu, dass sich bei mir im Laufe der Zeit ein Gewöhnungseffekt einstellte. Das gibt es wahrscheinlich bei allen Berufen. Welche Art der Literatur bevorzugen Sie?«

Mama lachte: »Ich bin sehr offen. Die Geschichten müssen mich unterhalten und Gefühle erzeugen. Es ist einfacher, es negativ zu definieren. Ich mag keine Krimis, die die Polizeiarbeit bei der Suche nach dem Täter beschreiben. Gewalt und Brutalität lehne ich ab. Was lesen Sie so?«

»Von der Anzahl der Seiten her, eindeutig Fachliteratur. Wenn noch Zeit bleibt, spannende Romane, gerne auch Science-Fiction.«

Papa lachte: »Wohl zum Ausgleich zu den alten Bildern. Dann kennen Sie wahrscheinlich die Romane von Arthur C. Clarke.«

Baldur schwärmte: »Den schätze ich besonders. Er hat übrigens zusammen mit Stanley Kubrick das Drehbuch für ›Odyssee im Weltraum‹ geschrieben. Kubricks Meisterwerk ist für mich ein Meilenstein der Filmkunst und bahnbrechend für das Genre. Erinnern Sie sich an die Filmmusik? Wiener Walzer zu den Bildern der Raumstation in der Schwerelosigkeit.«

Papa nickte: »Ich erinnere mich genau, auch wenn es nicht meine Musik ist. Kubrick hievte mit seinen unterschiedlichen Werken die Filmkunst auf ein höheres Niveau.«

Baldur fragte: »Was ist Ihre Musik?«

»Blues und Rock, besonders von den Rolling Stones.«

Baldur wunderte sich: »Die Stones gab es schon, bevor Sie zur Schule gingen. Wie waren Sie auf die Band gekommen?«

»Ich war ungefähr 10 Jahre alt, als mein Vater, Wilmas Opa, oft und laut ›Let It Bleed‹ hörte, damals die neuste LP der Stones. Er besaß alle Scheiben der Stones. So wurde mein Interesse geweckt. Mögen Sie auch diese Musik?«

»Ich liebe Blues mehr als Rock. Die Stones

schufen viele schöne Bluestitel, die mir besser gefallen als die Gassenhauer Rockstücke, wie Satisfaction oder Brown Sugar. Welchen hohen kulturellen Stellenwert die Stones haben, wurde mir kürzlich bewusst. Im deutschen Fernsehen wurde das kostenlose Open-Air-Konzert in Havanna von 2016 gezeigt. Das dokumentierte das Ende der Blockade der westlichen Welt Kuba gegenüber. Es hätten diverse andere Bands auftreten können. Aber die alten Rolling Stones taten es. Viele der Zuhörer weinten vor Glück, ich, ehrlich gestanden, auch, obwohl ich mit Kuba nichts am Hut habe.«

»Diesen Dokumentarfilm habe ich auch gesehen. Was für ein geschichtsträchtiges Konzert. Die Stones faszinieren mich bis heute.«

Mama schaltete sich ein: »Apropos heute. Wenn ihr nichts anderes geplant habt, würden wir euch gerne zum Dinner ins Felicità einladen. Das liegt für euch und uns am bequemsten.«

Wilma nickte und strahlte Baldur an.

Baldur bestätigte: »Das Mittagessen dort war vorhin vorzüglich.«

Papa stand auf: »Dann bestätige ich kurz unsere vage Reservierung für den Tisch mit Seeblick.«

46

Auf dem Spaziergang zum Restaurant schritten die Männer vorweg. Wilma ließ mit ihrer Mama den Abstand größer werden, um unbelauscht Mamas Meinung über Baldur zu erfahren: »Wie findest du ihn?«

Mama stülpte anerkennend die Lippen und streckte den Daumen nach oben: »Glückwunsch, mit ihm scheinst du, Glück zu haben. Wielange kennt ihr euch schon?«

»Immerhin fünf Monate.«

»Oh, neuer Rekord! Dann wurde es Zeit, ihn vorzuführen. Wie habt ihr euch kennengelernt?«

»Oma hat ihren Spökenkieker, Herrn Radtge eingeschaltet.«

Mama lächelte: »Ihr Großmeister des Glücks war mal wieder erfolgreich. Hat er dich auch gewarnt?«

»Wo vor?«

»Viele wollen nicht nur glücklich sein, sondern glücklicher als die anderen. Und das ist deshalb so schwer, weil wir die anderen für glücklicher halten, als sie sind.«

Wilma schüttelte den Kopf: »War bei mir nicht nötig. Ich weiß, dass man sich nie mit anderen vergleichen sollte, weil es immer bessere gibt. Was Papa wohl von ihm hält?«

Mama schmunzelte: »Bis jetzt noch viel. Sonst hätte er nicht zum Dinner eingeladen.«

Wilma stöckelte schneller, um wenigstens den Rest von Baldurs Gespräch mit Papa mitzuhören.

Baldur sagte: »Wir können uns glücklich schätzen, dass die Stones mit über siebzig noch aktiv sind. Viele andere begnadete Musiker sind längst tot, wie Jimi Hendrix oder Janis Joplin. Einige herausragende Bands haben sich aufgelöst. Ich vermisse besonders Ten Years After. Für deren jazzigen Rock hat es bislang keinen Ersatz gegeben.«

»Das ist wie mit Stanley Kubrick und Luis Buñuel. Diese Ausnahmekünstler hinterlassen Lücken. Das ist doch bei den Malern genauso.«

Im Hotel wurden sie herzlich begrüßt und in das Erkerzimmer des Restaurants geleitet. Sie stellten sich an die Fenster und genossen die Aussicht auf den See. Von der höheren Lage als auf der Balkonterrasse weitete sich der Blick. Baldur fiel unten am Ufer ein riesiger, alter Prachtgebäudekomplex auf und fragte danach.

Mama erklärte: »Das ist die Villa Favorita. Sie wurde Ende des 17. Jahrhunderts erbaut. Im Laufe der Jahrhunderte wechselten die Besitzer. Nach dem 1. Weltkrieg stand das Gebäude im Eigentum von Friedrich Leopold von Preußen, von ihm erwarb es Heinrich Thyssen für seine reichhaltige Kunstsammlung. Sein Sohn Hans Heinrich führte sie nach seinem Tod weiter. Seit der zweiten Hälfte des 20. Jahrhunderts war die Villa Favorita mit ihren Kunstschätzen der Öffentlichkeit zugänglich. Thyssens Tochter Margit wohnte dort bis zu ihrem Tod. Wenige Jahre später verkaufte Hans Heinrich die Kunstsammlung. Sie ist in Madrid zu besichtigen. Nach dem Tod von Hans Heinrich fiel die Villa seiner Witwe zu. Wem sie heute gehört und wer dort lebt, weiß ich nicht. Man sagt, es sei die Familie des italienischen Käseherstellers Romeo Invernizzi.«

Wilma lachte: »Ziemlich groß für eine Familie. Woher weißt du das alles?«

»Wikipedia und Nachbarschaftsklatsch.«

Baldur ergänzte: »Von der Thyssen Sammlung in Madrid wusste ich, aber nicht, über welche Station die Werke dorthin gelangten. Was für ein Verlust für Lugano!«

Papa schmunzelte: »Ich bin froh, dass wir heute hier in der Villa Felicità essen können. Die ist für uns allemal groß genug.«

Während sie auf die Vorspeise warteten, summte Papas Handy. Er ignorierte das leise Vibrieren. Kurz Zeit später brummte Mamas Handy in ihrer Handtasche. Sie reagierte nicht. Wilma bewunderte, wie souverän sie die Störungen überhörten. Erst beim dritten Anruf bedauerte Papa: »Das ist das vereinbarte Signal. Ich muss mich kurz melden.«

Er sprach, für alle am Tisch verständlich, ins Handy mit bedauerndem Augenrollen: »Hallo Mutti, wir essen gerade.«

»Na gut, aber bitte ganz kurz.«

»Was! Ein Einbruch? Bist du und sind Maria und Pietro ok?«

»Nichts gestohlen, was für ein Glück! Gab es Schäden?«

Wilma ahnte Schlimmes. Ihr wurde heiß.

»Ach nur das Müllregal unter der Kellertreppe.« Ihr Herz bollerte.

»Wilma kommt morgen zurück. Gute Nacht und schlaf gut.«

Papa steckte das Telefon ein und schüttelte den Kopf.

Mama fragte mit bebender Stimme: »War der Dieb auch bei uns oben?«

»Nein, es waren drei Rumänen. Im Keller haben sie das Regal herausgezogen. Sie hatten die beiden

Porträts mitgenommen. Die hat aber Rathge, Muttis Spökenkieker, nächsten Tag in einem abgestellten Transporter gefunden. Wer sie wohl beauftragt hat?«

Alle schüttelten die Köpfe und murmelten vor sich hin.

Wilma und die Ober warteten, bis Ruhe eingekehrt war. Die Suppen wurden serviert.

Wilma atmete tief durch: »Ich muss euch dazu eine Vorgeschichte erzählen, die vielleicht damit zusammenhängt. Rathge hatte festgestellt, dass der Haussegen gestört sei, weil die Porträts Tageslicht vermissten. Wir hingen sie deshalb in meine Diele. Aus Dankbarkeit gaben sie uns Hinweise, wo ein Schatz versteckt sei. Den fand Baldur bald. Es handelt sich um ein Silberbesteck und zehn Gemälde. Die Bilder sollen sehr wertvoll sein. Baldurs Kollege schätzt in der Summe zwischen einer und zehn Millionen Euro. Ich wollte Omi und euch erst informieren, wenn genauere Zahlen vorliegen. Da die Besteckteile mit ›Simon‹ graviert sind, fragte ich die mutmaßliche Vorbesitzerin, ob Interesse bestehe. Sie schickte ihren Sohn, David. Ich sollte ihm zeigen, wo das Besteck gefunden wurde. Über die Bilder sprachen wir nicht. Er wollte wissen, ob noch anderes entdeckt wurde. Was ich bestritt.«

Bebend hoffte sie, dass ihre Lüge nicht kommentiert wurde. Zum Glück blieb Wilma das erspart.

Das Dinner verlief störungsfrei. Alle lobten das leckere Essen und den vorzüglichen Service. Papa bezahlte. Baldur bedankte sich ausdrücklich für die Einladung.

Bei der Verabschiedung wisperte Wilma Papa leise ins Ohr: »Wie findest du Baldur?«

Papa flüsterte beim Wangenküsschen: »Glückwunsch! Endlich mal ein Mann mit Kultur.«

Von einer Glückswoge überwältigt, presste sie ihren Vater mit beiden Armen umschlungen an sich. Mama beobachtete sie mit glänzenden Augen.

47

Am Sonntag gegen 16 Uhr rollte Wilma ihr Köfferchen in ihre Wohnung. Die Rückreise von Lugano über Zürich nach Hamburg war planmäßig gelaufen. Beim Auspacken rief Oma an: »Herzlich willkommen zurück! Kommst du in einer Stunde zu mir hoch? Bei einem Stück frischen Pflaumenkuchen haben wir einiges zu ratschen.«

»Darf ich auch früher kommen? Sonst platze ich.«

»Komme, wenn du soweit bist.«

Wenig später schilderte Oma bei Kaffee und Kuchen, was sie erlebt hatte: »Seit dem Einbruch schlafe ich nur noch mit einem geschlossenen Auge. Bei jedem nächtlichen Geräusch schrecke ich hoch. Rathge meint, das gehe vorüber. Dabei hatte er mich gewarnt und mir nahegelegt, an deinen Reisetagen auch das Haus zu verlassen. Wie konnte er das nur ahnen. Er ist wahrlich ein Spökenkieker.«

Wilma seufzte: »Er wusste von mir über die Reise. Ich muss dir dazu eine Vorgeschichte erzählen, die wahrscheinlich damit zusammenhängt. Rathge hatte von den Porträts aus Dankbarkeit für das Umhängen Hinweise auf einen Schatz erfahren. Den fand Baldur bald. Es handelt sich nicht nur um das Silberbesteck, sondern auch um zehn Gemälde. Die Bilder sollen sehr wertvoll sein. Baldurs Kollege schätzt in der Summe zwischen einer und zehn Millionen Euro. Ich wollte dich, Mama und Papa erst informieren, wenn genauere Zahlen vorliegen.«

Oma rief: »Du meinst, dieser David Simon hat die Rumänen angeheuert, die Bilder zu klauen?«

Wilma nickte. »Zumindest wusste er von meiner Reise nach Zürich.«

Oma grübelte: »Wir wollten den Simons das Familiensilber zurückgeben, und er ließ uns beklauen. Was für eine schlechte Welt!«

Wilma widersprach: »Na ja, schlechte Welt, sollten wir daraus nicht verallgemeinern. Aber David gehört wohl zu den schlechten Menschen.«

Oma wechselte das Thema: »Wie war es mit Baldur?«

Wilma strahlte: »Wir sind die ganze Zeit gut miteinander ausgekommen, kein Streit, keine Langeweile. Mama mag ihn auch und Papa ist begeistert über einen Mann mit Kultur.«

Oma strich Wilma über das Haar: »Ich mag ihn auch. Du kannst dich glücklich schätzen und ich kann auf einen Urenkel hoffen.«

Wilma ergriff ihre Hand und küsste sie.

Am Montag zurück in Hamburg berichtete Baldur Herrn Zander von der Züricher Kunstmesse. Sein Chef freute sich besonders über viele neue Kontakte, denen sie die Jetterer Auktionskataloge schicken sollten.

Baldur erkundigte sich, was während seiner dreitägigen Abwesenheit passiert war.

Zander atmete tief: »Sie haben nichts versäumt. Ich habe mir die ›Gühne-Bilder‹ angesehen. Die Farben erscheinen so frisch, dass man die Gemälde für neue Fälschungen hält.«

»Kein Wunder, sie hingen über 80 Jahre im Dunklen. Ich persönlich habe sie gereinigt.«

»Uns fehlen Eigentumsnachweise.«

»Die wird es nicht geben. Die versteckten Bilder wurden erst jetzt gefunden. Wir halten die jetzige Hauseigentümerin für die rechtmäßige Besitzerin, die die Gemälde beim Kauf der Villa miterworben hat.«

49

Am späteren Montagvormittag sichtete Wilma die Post der vergangenen Woche. Telefonschellen unterbrach sie beim Aufschlitzen des letzten Briefs.

Es meldete sich Hauptkommissar Hartmann: »Schön, dass Sie zurück sind. Wir haben einige Fragen bezüglich des Einbruchs bei Ihnen. Wann können Sie ins Präsidium kommen?«

Wilma schnaufte: »Sie wissen, wie das ist, wenn man nur wenige Tage weg ist. Dann vertritt einen keiner. Dann bleibt alles liegen. Es wäre mir lieber, Sie kämen zu mir, meinetwegen auch heute.«

»Dann mache ich mich gleich auf den Weg.«

»Um 13 Uhr habe ich einen Mandatentermin«, flunkerte Wilma, »wenn Sie im zivilen PKW kommen, parken Sie gerne auf der Auffahrt. Polizeiwagen bitte nicht direkt vorm Haus.«

»Vielen Dank. Es wird nicht lange dauern.«

Hauptkommissar Hartmann traf so schnell ein, dass Wilma vermutete, eine Eskorte mit Sirenen und Blaulicht hatte ihm den Weg freigemacht. Mit ernstem Gesichtsausdruck saß er ihr im braunen Anzug mit rotblau gestreifter Krawatte an ihrem Schreibtisch gegenüber und fragte: »Kennen Sie diese Claudia? Sie sendete 10 Fotos auf das Handy eines der Verdächtigen. Das war einige Tage vor dem Einbruch. In der Tatnacht wurden von diesem Handy 2 Fotos der gestohlenen Gemälde an Claudia geschickt.«

Wilma schüttelte den Kopf: »Ich empfing einige E-Mails, die Claudia im Auftrag von David Simon an mich schickte. Gesehen oder gesprochen habe ich Claudia nie.«

»Diese E-Mails könnten unseren Experten weiterhelfen, David zu finden. Leiten Sie sie bitte an diese E-Mail-Adresse weiter.« Er reichte ihr einen Zettel.

»Warum verdächtigen Sie David Simon in diesem Fall?«

»Einer muss die drei verhafteten Rumänen beauftragt haben, die 10 Bilder zu stehlen. Weil sie die nicht fanden, boten sie an, die beiden Gemälde mitgehen zu lassen. Diese Einbrecher klauen normalerweise auf gut Glück Hausrat. Allein schon, wie sie reingekommen sind, im Keller gezielt suchten und den Transporter stehen ließen. Das war gewiss Auftragsarbeit auf Honorarbasis.«

Wilma nickte: »Auf der Visitenkarte von David Simon steht eine Adresse in Brüssel. Die hilft Ihnen vielleicht weiter.«

Hartmann fotografierte sie mit seinem Handy

und hinterließ beim Abschied seine Karte.

Beim abschließenden Aufräumen des Schreibtisches fand Wilma Hartmanns Zettel. Mit wenigen Mausklicken sendete sie die gewünschten E-Mails an die Experten der Kripo.

Dabei entdeckte sie im E-Mail-Eingangskorb mit heutigem Datum folgende E-Mail:

Sehr geehrte Frau Wilma Gühne,
Das Silberbesteck ist noch nicht eingetroffen. Wann haben Sie es abgeschickt?
Mit freundlichen Grüßen
Claudia
Mr. David Simon`s persönliche Assistentin

Wilma entschied, ihn zappeln zu lassen. ›Er weiß ja, dass ich auf Reisen war.‹

Gegen 17 Uhr stürmte Herr Zander in Baldurs Büro.

»Neue Lage!«, japste er mit rotem Kopf, »eben rief unser Anwalt aus der Zentrale in Berlin an. Ein amerikanischer Rechtsanwalt, der die Familie Simon vertritt, erhebt in deren Namen Eigentumsansprüche an den Gühne-Bildern. Unter diesen Umständen müssen wir den Verkauf ablehnen.«

Da Baldur ihn nur überrascht anstarrte und schwieg, fuhr der aufgeregte Geschäftsführer fort: »Auch wenn wir von unserer Rechtsauffassung überzeugt sind, gilt vor Gericht immer, Recht haben, heißt nicht, Recht bekommen. Allein die Unsicherheit würde unserem Ruf schaden. Die seriöse Kundschaft würde uns meiden. Das dürfen wir nicht riskieren. Es ist ein Jammer, auf das sensationelle Geschäft zu verzichten. Nun heißt es, es den Gühnes auszureden. Hoffentlich haben die sich nicht allzu große Reichtümer erträumt.«, er verstummte und strich sich über die Nasenspitze, »am liebsten würde ich die Chose unserem abtrünnigen Lars bei Christie`s unterjubeln. Wie auch immer, versuchen Sie bei Gühne Ihr Bestes, dass wir die umstrittene Ware bald loswerden. Ich pfeife Erwin zurück. Und bitte, alles höchst vertraulich, damit nicht doch noch Schaden entsteht.«

Baldur schlurfte bedrückt und voller Sorgen nach Hause. ›Wie soll ich Wilma das nur klarmachen, ohne unsere Liebe zu gefährden?‹

Auf dem Heimweg setzte er sich auf die Bank an der Alster, wo er Wilmas Schlüsselbund gefunden hatte. Das erinnerte ihn an Rathge. Sofort rief er ihn an: »Es gibt ein Problem, bei dem Sie uns hoffentlich mit Ihrem Rat helfen können. Wann passt es Ihnen? Am Telefon mögen Sie das ja nicht.«

»Morgen um 18 Uhr komme ich zu Ihnen in die Wohnung.«

Etwas hoffnungsvoller setzte er den Heimweg fort.

Am Dienstag erzählte Baldur ausführlichst Rathge die Geschichte und den aktuellen Stand der gefundenen Gemälde. Stumm hörte er zu. Seine Augen fixierten Baldur dabei.

Baldur endete mit der Frage: »Was raten Sie uns?«

Rathge schwieg und schloss die Augen, als ob er schlief. Endlich räusperte er sich: »Da kreuzen sich unterschiedlichste Interessen. Darüber muss ich länger nachdenken, und am besten ein, zwei Nächte schlafen. Am Samstag werde ich eine Lösung vorschlagen, die alle glücklich macht. Um zu entscheiden, sollten wir uns alle bei Gühne treffen. Klären Sie bitte, ob es Oma und Wilma um 16 Uhr passt.«

Baldur nickte und bemühte sich, seine Enttäuschung zu verbergen.

»Das ist für alle besser, als jetzt etwas Halbgares zu servieren, was morgen nachgebessert werden muss.«

Baldur seufzte: »Ich werde Wilma bitten, ihre Oma zu überzeugen, uns am Samstag um 16 Uhr bei ihr zu empfangen. Ich rufe Sie an.«

Sobald Rathge die Wohnung verlassen hatte,

schilderte Baldur per Telefon Wilma die neue Lage.

»Das haben wir dem Gauner David Simon zu verdanken«, brauste Wilma auf, »hoffentlich findet Rathge eine Lösung. Ich habe Oma gestern gestanden, sie unvollständig informiert zu haben. Wir sehen uns am Samstag um 16 Uhr. Ich freue mich trotzdem auf dich.«

52

In der Nacht von Dienstag auf Mittwoch hielt eine Idee Wilma wach. Immer wieder durchdachte sie, wie sie vorgehen sollte und welche Konsequenzen drohten.

Entsprechend unausgeschlafen weihte sie früh morgens Baldur in ihren Plan ein. Er stimmte zögerlich zu: »Aber nur, wenn die Kripo mitspielt und deinen Schutz garantiert.«

Gleich nach dem Frühstück rief sie Hauptkommissar Hartmann an. Er reagierte begeistert und versprach volle polizeilich Unterstützung.

Daraufhin schickte Wilma folgende E-Mail ab:

Hallo David,
da die seriösen Kurierdienste für das wertvolle Silberbesteck aufwendige Verpackungen vorschreiben und unverschämt teure Gebühren für Transport und Versicherung fordern, rate ich Dir zur Selbstabholung. Wann wirst Du es möglichst bald und nur persönlich abholen?
Mit freundlichen Grüßen
Wilma Gühne

In den nächsten Stunden inspizierte Wilma alle zehn Minuten den E-Mail-Eingangskorb. Endlich, am Mittwochnachmittag e-mailte David Simon:

Hallo Wilma,
diese Woche schaffe ich es leider erst
am Freitag, den 27. September, ab 17 Uhr
bei dir das Silberbesteck abzuholen.
Mit freundlichem Gruß
David Simon

Wilma leitete die E-Mail weiter an Hartmann. Er bestätigte sofort telefonisch den Empfang und kündigte an, dass drei erfahrene Mitarbeiter am Freitag ab 16 Uhr in Zivil bei ihr im Keller warten werden: »Sicherheitshalber eine Stunde vorher, falls David Simon früher eintreffen sollte.«

53

Am Freitag um 16 Uhr klingelte es bei Wilma an der Haustür. Drei Männer im mittleren, abgestuften Alter in unauffälliger Alltagskleidung stellten sich als Kriminalbeamte vor. Da Herr Hartmann nicht dabei war, ließ sich Wilma ihre Dienstausweise zeigen. Dann geleitete sie sie in einen Abstellraum neben ihrem Kellerbüro. Hier hatte sie die Besteckkästen gestapelt und drei Holzstühle sowie Wasserflaschen bereitstellen lassen.

Wilma wandte sich an den am ältesten aussehenden und erklärte: »Vorsichtshalber teste ich jetzt von meinem Büro aus, ob sie mich hören, wenn ich um Hilfe schreie.«

Von ihrem Schreibtisch aus rief Wilma: »Hilfe!«

Die drei stürmten herbei. Wilma atmete beruhigt auf: »Nun müssen wir uns gedulden. Hoffentlich kommt David Simon pünktlich.«

Eine halbe Stunde später kam, wie vereinbart, Baldur. Sie küssten und umarmten sich flüchtig.

Baldur bemängelte: »Dass ein Polizeiwagen in Sichtweite vor dem Haus abgestellt ist, halte ich für ungeschickt. Der sollte hier nicht parken.«

Wilma führte Baldur zu den Männern und stellte ihn vor: »Wenn Sie mit dem Polizeiauto gekommen sind, das vor dem Haus steht, stellen Sie es besser in einer anderen Straße ab.«

Der Älteste gab dem Jüngsten einen Zündschlüssel.

Als der zurückkam, fragte Baldur: »Hat jeder sein Handy auf stumm geschaltet?«

Zwei nickten. Der Älteste verdrehte die Augen und fummelte an seinem Mobilfunkgerät herum.

Die letzten fünfzehn Minuten bis 17 Uhr erwartete Wilma nichts. Dennoch pochte ihr Herz bereits stärker als gewöhnlich. Die nächste Viertelstunde steigerten sich ihre Zweifel. ›Bei seinem ersten Besuch traf David pünktlich ein. Vielleicht ist heute sein Flug verspätet. Zehn Minuten gebe ich ihm noch.‹ Ihre Hände nässten.

Nach dieser Frist fragte sie sich, ob David überhaupt noch komme. Enttäuschung und Wut pressten ihre Lippen fest aufeinander. ›Hat David das Spiel durchschaut? Ist er gewarnt worden? Gibt es gar einen Verräter bei der Polizei? Habe ich das ganze Theater vergeblich inszeniert?‹

Wilma umwanderte ihren Schreibtisch. Jedes Mal, wenn sie das Fenster passierte, schaute sie raus. Immer wenn sich ein PKW näherte, lauerte sie.

Baldur schlug vor: »Wir sollten Hartmann anrufen.«

Wilma schnaufte und suchte dessen Visitenkarte: »Der wird ihn auch nicht herbeizaubern.«

Er meldete sich beim dritten Rufton seines Handys.

Sie sprudelte los: »Er ist nicht gekommen.«

»Frau Gühne, David Simon konnte nicht kommen, weil wir ihn auf dem Flugplatz verhaftet haben. Wir sind auf dem Weg zu Ihnen.« Im Hintergrund hörte sie Verkehrslärm.

54

Zehn Minuten später fuhr ein PKW auf die Auffahrt. Wilma sprang auf. Vom Bürofenster beobachtete sie, wie Hauptkommissar Hartmann vorne ausstieg und die hintere Tür öffnete. Ein uniformierter Mann verließ den Fond. Am Handgelenk zog er David Simon hinter sich her. Beide waren mit Handschellen verbunden.

Wilma rief ihrer Wachmannschaft im Nebenraum zu; »Achtung, der Chef kommt.«

Die Männer stürmten ins Büro. Wilma ging mit ihnen zur Haustür. Nach einem kurzen »Moin!«, wies Hartmann sie an, die Handschellen zu wechseln. Der Uniformierte verabschiedete sich mit lässigem Gruß an die Mütze. Der Jüngste lenkte David an der gefesselten Hand ins Haus.

Bald saßen alle stumm um Wilmas Schreibtisch. Davids Blick war gesenkt. Er atmete schwer, hob den Kopf und zischte Wilma bebend an: »Du bitch!«

Wilma fragte: »Warum hast du das getan?«

»Ich wollte die Gemälde, die meiner Familie gehören, zurückholen.«

»Was für Bilder?«, fuhr Wilma ihn an und bangte, dass Baldur mitspielte, und keiner ihr Zittern bemerkte.

»Nun tu doch nicht so! Wozu machst du denn sonst mit dem Bilderfritzen seit Wochen rum?«

»Das geht dich gar nichts an. Erzähle uns lieber, was das für Bilder sind und wo sie herkommen.«

David holte tief Luft. Etwas ruhiger erzählte er: »Als jüdische Künstler durch die Nazis in existenzielle Not gerieten, kaufte mein Ururgroßvater ihnen Gemälde ab, obwohl ihm die meisten nicht gefielen, nur um ihnen zu helfen. Zum Teil unterlagen sie Malverboten. Es gab auch Bilderverbrennungen. Dann wurde es für die Familie in Hamburg lebensbedrohlich. Er verkaufte die Villa zum Spottpreis und kaufte die Schiffspassage nach New York zum Wucherpreis. Die gefährdeten Gemälde und das Silberbesteck wurden hinter dem Regal unter der Kellertreppe versteckt. Sie träumten vom Ende des Albtraums und von ihrer Rückkehr. Die Privatbank hatten die Nazis konfisziert.«

Wilma unterbrach ihn: »Woher weißt du das alles so genau? Das ist über achtzig Jahre her.«

»Traditionell wurde darüber nur auf deutsch gesprochen und wie ein Erbe zu Lebzeiten übertragen. Dazu gehören auch Fotos der Gemälde.«

»Warum wurde das Silberbesteck dagelassen?«

»Meine Ururgroßmutter hätte es gerne mitgenommen. Es war für die Flucht nur zu schwer und unhandlich.«

Wilma erklärte: »Mein Vater hat die Villa erst 1965, also 20 Jahre nach Kriegsende, zum regulären Marktpreis erworben. Der Vorbesitzer ist gestorben. Vielleicht hatte er die Bilder gefunden.«

David schaute sie überrascht an. »Das wusste ich nicht. Von den Bildern ist jedenfalls bislang keines wieder aufgetaucht.«

Baldur sagte: »Möglicherweise hat der Zwischenbesitzer der Villa die Gemälde vernichtet, um sich bei den Nazis Liebkind zu machen. Er muss ein übler Mitläufer gewesen sein, wenn er die Villa übernehmen durfte.«

Wilma erregte sich: »Wie auch immer, es rechtfertigt nicht, hier einzubrechen und etwas zu klauen. Unser Haus ist entweiht. Das ist nicht wieder gutzumachen. Ich hoffe, das wird gerecht bestraft.« Dabei schaute sie Hartmann streng an.

Der stand auf und erklärte: »Das ist Aufgabe des Gerichts. Wir mussten nur den Fall aufklären und die Verdächtigen vorläufig verhaften.« Dabei signalisierte er seiner Truppe aufzubrechen.

55

Am Samstag bedeckten graue Wolken den Himmel. Kräftige Böen vertrieben sie nicht. Deshalb ließ Oma im Esszimmer die Kaffeetafel eindecken. Baldur und Rathge trafen fast zeitgleich ein. Wilma schenkte Kaffee ein. Oma servierte frischen Pflaumenkuchen. Nach den ersten Schlucken und Bissen schauten alle Rathge erwartungsvoll an.

Er legte die Kuchengabel zur Seite: »Ich sehe drei Lösungen. Die nahe liegendste Lösung, die Gemälde von Jetterer verkaufen zu lassen, scheidet aus, weil ein Rechtsstreit mit Simon droht. Am einfachsten wäre, alles wieder zurückzudrehen. Die Bilder müssten ja nicht unbedingt wieder hinterm Regal im Keller verschwinden. Das Haus bietet reichlich freie Wände.«

»Oh nein, darauf ruht kein Segen. Dann wird bei uns wieder eingebrochen. Ich kann immer noch nicht ruhig schlafen.«, protestierte Oma.

»Aus demselben Grund scheidet auch die Wohnung in Lugano aus.«, bestätigte Rathge, »deshalb sollten die Bilder nicht zurückkommen. Es gibt andere Händler, zum Beispiel Christie`s in Hamburg.«

»Es sei denn die scheuen ebenfalls die gerichtliche Auseinandersetzung.«, warf Wilma ein.

Oma empörte sich: »Das möchte ich auf keinen Fall. Das zöge den Namen Gühne in den Schmutz, gar in die Nähe von Raubkunst.«

Rathge lehnte sich zurück: »All diese Sorgen entfielen bei meinem dritten Vorschlag, allerdings auch das dicke Geld. Die Gemälde könnten der Hamburger Kunsthalle geliehen werden.«

Alle schauten Rathge erstaunt an.

Oma klatschte begeistert die Hände: »Das wäre mir am liebsten. Dann hätten alle etwas davon und nicht nur einige reiche Sammler.«

Wilma grübelte: »Wenn die Simons dagegen klagen, sähen sie schlecht aus und wir wohltätig. Deshalb unterlassen sie es wahrscheinlich, wenn sie es überhaupt erfahren. Am besten stiften wir die Bilder anonym.«

Baldur lobte: »Grandiose Idee, nur schrumpft damit leider die großzügige Belohnung für Herrn Rathge, die wir planten.«

Oma legte ihre Hand auf Rathges: »Keine Sorge, Ihr Rat soll aber Ihr Schaden nicht sein.«

Ende

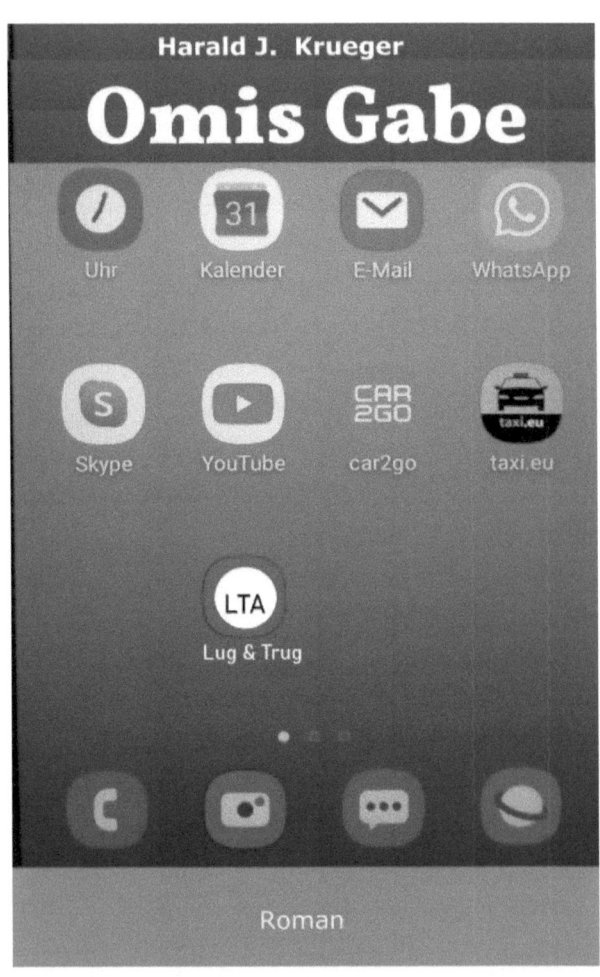

Was passiert, wenn ein Smartphone Lügen erkennt?
Ein magisches Amulett, künstliche Intelligenz, eine alte
Villa und eine junge Liebe lenken das Leben eines ham-
burger Nerds in neue Bahnen. ISBN 978-3-7497-7463-0

Papas Eskapaden

Harald J. Krueger

Roman

Seit seiner Pensionierung vor wenigen Wochen sucht Hans Tietge nach Gründen, morgens aufzustehen. Erste Experimente scheitern und nerven die Familie. Sie befürchtet weitere Eskapaden. Doch der einst selbstständige Steuerberater lässt sich nicht bremsen. Seine eigenwilligen Scherze kommen nicht immer gut an.

ISBN 978-3-7469-5912-2

Harald J. Krueger

Das Zittern der Glückspilze

Roman

Im Jahre 2004 explodiert in Spanien auf dem Flughafen von Málaga eine Bombe. Zufällig filmt ein deutsches Ehepaar die Vorbereitung. Alle glauben, die baskische Terrorgruppe ETA stecke dahinter. Die wahren Hintergründe enthüllt dieser Roman. Verrat, Verfolgung, Entführung und Erpressung bringen selbst Glückspilze zum Zittern. Wo sie sich im magischen Andalusien auch verstecken, die ETA, die Polizei und die Unterwelt bleiben ihnen unerbittlich auf den Fersen.

Achtung: Hochspannung!

ISBN 978-3-84-823030-3

Zeitfracht Medien GmbH
Ferdinand-Jühlke-Straße 7
99095 Erfurt, Deutschland
produktsicherheit@kolibri360.de